D1134146

WITHDRAWN

Amor vulnerable

This Large Print Book carries the
Seal of Approval of N.A.V.H.

Amor vulnerable

Catherine Spencer

Thorndike Press • Waterville, Maine

Published in 2004 by arrangement with Harlequin Books S.A.
Publicado en 2004 en cooperación con Harlequin Books S.A.

Thorndike Press® Large Print Spanish.
Thorndike Press® La Impresión grande española.

The tree indicium is a trademark of Thorndike Press.
El símbolo del árbol es una marca registrada de Thorndike Press.

The text of this Large Print edition is unabridged.
El texto de ésta edición de La Impresión Grande está inabreviado.

Other aspects of the book may vary from the original edition.
Otros aspectros de éste libro podrían variar de la edición original.

Set in 16 pt. Plantin.
Impreso en 16 pt. Plantin.

Printed in the United States on permanent paper.
Impreso en los Estados Unidos en papel permanente.

Library of Congress Cataloging-in-Publication Data

Spencer, Catherine.
    [Passion's baby. Spanish]
    Amor vulnerable / Catherine Spencer.
        p. cm.
    ISBN 0-7862-6650-3 (lg. print : hc : alk. paper)
    1. Large type books.   I. Title.
    PS3569.P44594P37 2004
        813'.6—dc22   2004047854

Amor vulnerable

Capítulo 1

Después, cuando ya era demasiado tarde para volver atrás y hacer las cosas de otra manera, Jane buscó a alguien a quien culpar por la cadena de acontecimientos que la llevaron a su primer encuentro con Liam McGuire.

Su abuelo encabezaba la lista, porque fue quien le aseguró que tendría la mitad de la isla para ella sola ese año, ya que Steve pasaría el verano con su hijo casado en California.

Pero cuando descubrió que el antiguo compañero de pesca de su abuelo no se había molestado en decirle a nadie que había alquilado su casa, intentó echarle la culpa a él. Aunque, a decir verdad, Steve tenía todo el derecho a hacer lo que quisiera con su propiedad. Además, se estaba volviendo olvidadizo con los años, así que quizá no se le podía considerar responsable.

Por supuesto, quedaba Liam McGuire, seguramente el hombre más desastroso del mundo y que necesitaba que le lavaran la boca con jabón para quitarle su lenguaje grosero. ¡Su modo de maldecir haría sonrojarse a un marinero! Pero, de nuevo, para ser objetiva, tenía que admitir que, como inquilino legítimo de la casa de Steve y con un contrato firmado, el temperamental Liam McGuire no estaba obligado a vivir de acuerdo con sus normas de comportamiento social.

Bloqueada en ese punto, intentó culpar a su perro también. Si Bounder no hubiera sentido semejante pasión por atrapar con sus mandíbulas todo lo que hallaba a su paso para ofrecérselo como regalo a cualquiera que se encontrara, podría haber sido capaz de desenvolverse con un mínimo de dignidad. Por otro lado, si le hubiera enseñado mejor cuando era un cachorro, no habría adquirido esa mala costumbre.

Así que por mucho que odiara tener que admitirlo finalmente la culpa recayó donde debía: sobre sus propios hombros. Por lo que, a media mañana del primer día de lo que supuestamente iba a ser el verano de su renovación física y espiritual, se encontró acurrucada detrás de un montón de rocas en la playa, con la cara ardiendo de vergüenza y el corazón encogido por la pena.

—Debería haberme quedado en la ciudad —murmuró a Bounder que la contemplaba con comprensión y después observaba con anhelo las olas que rompían en la arena.

Pero como la serenidad que necesitaba no iba a encontrarla en las calles bulliciosas de Vancouver, había regresado al refugio de su niñez. Tras llegar a la cabaña de su abuelo bien entrada la noche, había subido por las escaleras de caracol hacia la enorme habitación cuadrada, se había acurrucado bajo el edredón de plumas de ganso de la cama de hierro, y se había quedado dormida con el sonido de las olas rompiendo en la orilla y con el olor del mar inundándole los pulmones.

Por primera vez en meses, sus sueños no la habían atormentado. Había dormido profundamente, con la seguridad de que la soledad y la paz de Bell Island curaría sus aflicciones.

Se había despertado temprano a la mañana siguiente y, sin darse cuenta de la tormenta que se avecinaba, se había acercado a la ventana de la habitación para contemplar la vista de Desolation Sound que definía la esencia de su infancia feliz. Pero en lugar de fijarse en las aguas azules oscuras ondeando en las tranquilas ensenadas con las montañas de fondo, se fijó en la delgada columna de humo que salía de la chimenea de la cabaña contigua.

Hasta ese momento podría haber conseguido evitar hacer el ridículo, si no se hubiera dado cuenta de que las contraventanas continuaban cerradas como protección frente al temporal del invierno. Pero ya era junio, el verano había llegado, lo que la hizo sospechar. ¿Por qué el inquilino elegiría vivir en la semioscuridad cuando la luz del sol podría inundar todas las habitaciones?

–Aquí hay algo sospechoso –había dicho a Bounder–. Creo que deberíamos investigar.

Había tomado esa decisión con facilidad, segura en la casa de su abuelo, pero una punzada de inquietud le había recorrido la columna al acercarse al porche de aquella casa. De repente, se había alegrado de tener con ella a su pastor belga.

La puerta principal permanecía semiabierta. Agarrando a Bounder del collar había llamado a la puerta.

–¿Hola? ¿Hay alguien ahí? –había preguntado.

Pero desde la puerta solo se vislumbraban unos troncos casi consumidos en la chimenea, una pila de platos sucios en la encimera junto al fregadero y un jersey colocado sin cuidado sobre el respaldo del sofá.

Más tranquila, había entrado en la casa para echar un vistazo. Un teléfono móvil y un montón de libros estaban esparcidos sobre la mesa. A quien vivía allí le gustaba la lectura y por supuesto establecer contacto instantáneo con el mundo exterior.

Pero aparte de un montón de ropa sobre el suelo, una maleta abierta, un saco de dormir y un par de almohadas sobre un colchón de noventa, los rayos de sol colándose por las rendijas de los tablones que tapaban las ventanas del dormitorio no ofrecían muchos datos sobre la identidad del ocupante, aparte de que no le importaba el desorden.

Tenía que ser un hombre. El jersey del salón era demasiado grande para una mujer y solo un hombre trataría su ropa con tan poco cuidado o dejaría su saco de dormir sin estirar.

—Aun así, quien sea al menos podría haber abierto las ventanas para que entrara la luz y un poco de aire fresco. Huele a cerrado como una celda.

Como respuesta, Bounder había dejado escapar un ladrido y había elevado sus orejas, una clara señal de que había escuchado a alguien acercándose a la casa. Al darse cuenta de que su preocupación había derivado en violación de la intimidad, había salido del dormitorio, deseosa de acercarse lo más posible al salón antes de que la sorprendieran husmeando. Pero el perro, agitando la cola de excitación, se soltó, atrapó una prenda de ropa y salió corriendo.

–¡Bounder, no! –suplicó en un susurro–. ¡Por favor, Bounder! ¡Deja eso! ¡Dámelo!

Le hizo el mismo caso que si hubiera hablado en chino. Usando sus enormes patas como si fueran plataformas de lanzamiento, siguió su camino sembrando el caos a su paso. Lo atrapó en el extremo del sofá del salón y acababa de rescatar la prenda cuando una sombra recortó el haz de luz que se dibujaba en el suelo desde la puerta.

Irguiéndose, se preparó para ofrecer una explicación por su presencia sin invitación. Las palabras «Me llamo Jane Ogilvie, vivo al lado y solo he venido a saludar» estuvieron a punto de salir de su boca, pero su intento de parecer solo una vecina amable dando la bienvenida a un veraneante murió antes de que pronunciara una sola sílaba.

El hombre se había colocado ante la puerta imposibilitando la huida y la fría mirada que le había dirigido habría silenciado un trueno. Pero lo que la había dejado sin palabras no había sido su justificada mirada de indignación, desde unos ojos del mismo azul verdoso del mar en invierno, ni la vergüenza por haber sido atrapada husmeando en su casa. Se quedó observando fijamente sus piernas aun a sabiendas de que no debería, pero incapaz de evitarlo.

Como la había dejado sufrir un silencio incómodo, adivinó que se trataba de una de esas personas que se crecen ante el desconcierto de los demás. Finalmente, cuando estaba a punto de morir de humillación, él habló.

–¿Qué sucede, Ricitos de Oro? ¿Nunca habías visto a un hombre en silla de ruedas? –preguntó con amargura.

Podría haber respondido que sí, si le hubiera interesado la respuesta. Pero estaba demasiado ocupado maldiciendo con una vulgaridad increíble mientras esquivaba los muebles y se movía dentro de la habitación.

Apartando una silla de madera de la cocina, rodeó la mesa a punto de pillarle la cola a Bounder.

–¡Muévete, chucho! –soltó sin detenerse a pensar siquiera que Bounder podría haberle arrancado un trozo de cara.

En lugar de eso, el perro intentó lamer una mano que nunca le habría alimentado aunque estuviera hambriento. Decidiendo que no iba a desperdiciar sensibilidad con un hombre así, adoptó una actitud más agresiva.

–¿Sabe el dueño de esta casa que está viviendo aquí? –le interrogó enrollando la prenda que aún tenía en la mano mientras lo miraba fijamente.

–¿Acaso es asunto suyo? ¿Y qué demonios cree que está haciendo con mis calzoncillos?

Creyó que había alcanzado el límite de la humillación humana, pero comprobó que estaba equivocada al darse cuenta de que estaba toqueteando ausente la ropa interior de un hombre del que no sabía ni su nombre.

Murmuró algo desviando su mirada aterrada del rostro de aquel hombre hacia las hojas rojas que decoraban la prenda.

–Oh... vaya. No me di cuenta de lo que era.

–¡Caramba! Y ahora dirá que no sabía que estaba invadiendo mi propiedad.

–No es su propiedad –replicó buscando una disculpa para cambiar de tema–. Pertenece a Steve Coffey, un buen amigo de mi abuelo al que conozco desde que tenía cinco años –explicó–. Soy Jane Ogilvie y voy a alojarme en la casa que hay al otro lado de la cala –añadió al percatarse de que no se había presentado.

–No, no se va a quedar. Soy Liam McGuire y, cuando firmé el alquiler de este lugar, Coffey me aseguró que tendría la playa para mí solo todo el verano.

—Entonces los dos tenemos una idea equivocada, porque mi abuelo me dijo lo mismo. Pero, si le preocupa que vaya a ser una molestia, puede estar tranquilo. Tengo tan pocas ganas como usted de ser amable.

—¿Por eso se lo está pasando tan bien manoseando mis calzoncillos? —preguntó señalándolos.

El rubor que le coloreó el rostro era del mismo tono que las hojas de la ropa interior.

—¡No los estoy manoseando...!

—Claro que no —replicó divertido—. El modo en que los está tocando es indecente. Lo siguiente que hará será pedirme que me los ponga.

Los soltó como si quemaran.

—¡Lo dudo mucho!

—¿Por qué? —preguntó con insolencia—. ¿Porque no es de buena educación reconocer que un hombre en silla de ruedas existe por debajo de su cintura?

—No es por eso, es porque no es mi tipo —protestó negándose a sucumbir a semejante chantaje emocional.

—¿Por qué no? ¿Por qué estoy en una silla de ruedas?

—No. Porque es arrogante, maleducado,

tan atractivo como una cucaracha y además parece disfrutar viviendo en una pocilga.

—¿Debo entender entonces que no se sentirá obligada a pasarse cada mañana para asegurarse de que el desgraciado vecino no se ha caído de la cama durante la noche y se ha roto el cuello?

—Puede estar seguro de ello. Por mí como si se ahoga.

Y agarrando a Bounder del collar se había marchado de la casa de Liam McGuire sin siquiera mirar atrás. Por nada del mundo dejaría que viera lo desconcertada que estaba por su actitud y por su propio comportamiento. Solo cuando alcanzó el refugio de las rocas en el que luego se acurrucó, se permitió relajarse y sentir pena.

¿Cómo podía haber dicho todo aquello cuando ella sabía mejor que nadie la agonía y la frustración de verse confinado en una silla de ruedas? ¿Dónde había quedado la compasión que había sentido cuando Derek vivía? «Se secó con su muerte y no me quedaré atrapada en semejante telaraña de dolor nunca más. No podría soportarlo otra vez».

Cerró los ojos, como si así pudiera acallar las voces de su mente. Pero si algo había aprendido era que dar la espalda a la realidad no hacía que cambiara. Le gustara o no, el vecino era un inválido. Desconocía su gravedad, pero entendió por qué las ventanas permanecían cerradas y la ropa colgaba de los cajones.

Y supo que a pesar de que encontrara molestas sus visitas, tarde o temprano llamaría a su puerta otra vez, porque no podía ignorarlo como no podía ignorar las olas lamiendo la playa.

Se hundió en la silla de ruedas y observó sus manos empuñadas sobre el regazo. Como si no tuviera suficiente sin tener que vérselas con una vecina que jugaba a la buena samaritana.

Había percibido el modo en que lo había mirado tras decirle que se ahogara y supo lo que sucedería después. El orgullo que la había alejado de allí se evaporaría más rápido que la bruma de la mañana y sería reemplazado por un arrebato de culpa mezclada con pena. Se culparía por haber sido tan dura con aquel tipo de la silla de ruedas y se sentiría obligada a volver y a ser amable.

Lo miraría con sus grandes ojos castaños y se disculparía tartamudeando, con el brillo de las lágrimas del arrepentimiento para causar más impacto. O aún peor, probablemente cocinaría algo como ofrenda de paz, seguramente pastas integrales porque todo el mundo sabía que la falta de ejercicio solía afectar negativamente a los intestinos.

Girando la silla se encaminó hacia el porche y miró el reloj. Eran casi las diez y media. Hacía casi media hora que se había marchado y en ese momento estaría regodeándose en su remordimiento. En media hora estaría cocinando y apostaba a que reaparecería antes de las doce.

Y quizá no estaría tan mal que lo hiciera. Como se había quedado sin cabezas de pescado podría usar las pastas como cebo. Meter su dolorido trasero dentro de la lancha y conducir hasta las nasas era difícil y llevaba mucho tiempo, pero el esfuerzo merecía la pena por el placer de comer cangrejos frescos asados al vino.

La buena comida y el vino eran dos de los pocos placeres de los que disfrutaba aquellos días y, en otras circunstancias, la habría invitado a cenar con él. Si estuviera un poco más rellenita, probablemente habría intentado seducirla, porque a pesar de estar delgada como un palillo era una mujer muy bonita. Era femenina, elegante con un toque de fragilidad que hubiera hecho brotar su instinto protector.

Menos mal que estaba reducido a fantasear sobre el sexo, porque ella era de las que esperarían algo más que respeto la mañana siguiente. Cuando pudiera ponerse en pie otra vez y sirviera para algo más que engullir sedantes y sentir pena de sí mismo, recuperaría el tiempo perdido, pero si era la mitad de listo de lo que creía, no lo haría con Jane Ogilvie. Porque ella era de las que se casaban, y él estaba claro que no.

Algo moviéndose por la playa llamó su atención. Allí iba ella: una mujer con una misión, subiendo por el camino resbaladizo hacia su cabaña con una determinación inconfundible mientras su perro la seguía torpemente.

Sintió algo extraño en su rostro, como si empezara a utilizar músculos que no había usado mucho últimamente, y se percató de que era la segunda vez en menos de una hora que sonreía. Incluso se rio, pero tenía tan poca práctica que sonó como una foca con laringitis. ¡Qué diablos! Un poco de diversión le ayudaría a pasar el rato.

Se permitió continuar sonriendo, se apoyó hacia delante y esperó a que se desarrollara la segunda escena: Ricitos de Oro en una misión humanitaria, aunque con aquella melena morena, el nombre no le iba muy bien.

Durante el resto de aquel día y casi todo el siguiente, Jane hizo oídos sordos a su complejo de culpa. Según Liam McGuire la había recibido la primera vez, difícilmente iba a recibirla mejor la siguiente. Sería mejor que le diera tiempo para que se tranquilizara antes de enfrentarse a él de nuevo.

Pero no resultaba fácil mantenerse alejada y para conseguirlo se mantuvo ocupada en la casa, aunque no podía evitar mirar por la ventana del dormitorio por la noche para asegurarse de que la luz asomaba por las rendijas de las ventanas de la casa contigua. Y a la mañana siguiente comprobó la columna de humo que indicaba que estaba levantado.

—Es ridículo que viva solo —se quejó a Bounder—. De hecho, es una inconsciencia. No tiene derecho a cargar a completos desconocidos con la responsabilidad por su bienestar.

Pero aquel razonamiento pronto se esfumó y todo por culpa de aquellas malditas contraventanas y de aquella ola de calor que no se sabía de dónde venía y que no mostraba señales de marcharse. ¿Cómo podría ignorar alguien con un poco de caridad que con aquella temperatura subiendo hacia los cuarenta grados, la casa de Steve, cerrada como estaba, estaría como un horno al final del día?

Así que, el tercer día, armada con una palanca y un martillo, partió hacia allí, decidida a que ningún insulto que pudiera arrojarle Liam McGuire la haría abandonar sin haber cumplido con la tarea que se había propuesto.

Una vez más, encontró la puerta principal abierta de par en par sujeta con un tope de hierro y pudo comprobar que había intentado limpiar la cocina. Un plato, dos tazas de café, una sartén y un puñado de cubiertos colgaban limpios cerca del fregadero y había un paño extendido para secar en el porche.

Había aprendido la lección y no repitió el error de entrar cuando él no respondió a su llamada. De pie en el porche se inclinó hacia delante para golpear fuerte la puerta con el martillo.

–¿Está ahí, señor McGuire? Soy Jane Ogilvie.

Seguía sin haber respuesta ni movimiento alguno, pero la vieja hamaca de Steve se movió con la brisa cálida. Como Liam McGuire no estaba ni sordo ni muerto, debía haber salido otra vez, aunque dónde había ido dada su condición y el terreno irregular que rodeaba la casa era un misterio que no iba a resolver.

Para hacer lo que debía lo único que necesitaba era la escalera que Steve guardaba en el cobertizo, y para ser sincera, se alegraba de no tener público. La carpintería nunca había sido su fuerte. Se las arreglaría muy bien sin los comentarios sarcásticos de Liam McGuire. Habría sido testigo de sus esfuerzos para quitar los tablones de las ventanas y apilarlas bajo el porche, donde normalmente permanecían en verano.

Las cosas empezaron bien, aunque tener que mover la escalera consumió una sorprendente cantidad de energía, pero los verdaderos problemas comenzaron cuando llegó a las ventanas del dormitorio. Las demás ofrecían una plataforma estable desde la que trabajar. El suelo bajo el dormitorio descendía abruptamente y estaba cubierto de hierba y flores silvestres.

Con inseguridad evaluó la situación. Encontrar un suelo firme para la escalera fue bastante difícil, pero trepar peldaños a varios metros del suelo puso a prueba su valor al máximo. Y para empeorar las cosas, el reflejo del sol en el cristal la cegaba.

–¡Cuidado, Bounder! –exclamó agarrándose a la ventana mientras corría debajo de ella hacia la casa con más energía de lo habitual–. Como vuelques la escalera conmigo encima, tú y yo vamos a tener una pelea muy seria.

Desde algún lugar, el tono sardónico de Liam McGuire flotó como respuesta.

—Eso si vives para contarlo, Ricitos de Oro. Por si no lo has notado, tu perro acaba de incordiar a un enjambre de abejas y, a no ser que quieras que te piquen, vas a tener que quedarte donde estás hasta que anochezca, lo cual no va a suceder hasta dentro de once horas.

Dada su actitud amarga, era más que probable que estuviera mintiendo solo para provocarla. Pero el zumbido que apenas había advertido y que había atribuido al generador le daba la razón.

—¿Cuándo ha vuelto? —preguntó, arrepintiéndose repentina y profundamente de haber cedido al impulso de hacerle un favor.

—¿Y usted? No recuerdo haberla invitado, aunque sí recuerdo que aseguró que no volvería a molestarme.

El zumbido se hizo más audible y cercano y ella se estremeció, segura de que en cualquier momento sentiría las patas de las abejas sobre sus piernas desnudas.

—¿Cree que podríamos continuar con esta conversación después de que haya descubierto un modo de salir de este aprieto?

23

–¿Usted? No podría encontrar el modo de quitarse una espina sin ayuda. Acéptelo, cielo, es usted quien necesita ayuda esta vez, a no ser que crea que Blunder está a punto de venir a rescatarla.

–Se llama Bounder. Y si no le importa, le agradecería que intentara alejarlo del pie de la escalera. No quiero que le piquen las abejas.

–¡Bounder, ven! –ordenó con una voz calmada tras reírse de ella otra vez. Para su sorpresa, escuchó el ruido de sus pezuñas sobre el porche de madera–. ¡Siéntate! –continuó Liam McGuire y el perro obedeció.

–Es una pena que no use ese mismo encanto con las personas –no pudo evitar comentar.

–Si fuera usted, me guardaría los comentarios jocosos hasta que estuviera sobre el suelo firme. No está en situación de juzgar a nadie y menos a quien va a rescatarla.

Ella se arriesgó a mirar hacia abajo y cerró los ojos.

–¿Cómo va a bajarme con todas esas avispas alrededor?

–No voy a hacerlo. Si es eso lo que espera, se va a llevar una decepción. Lo único que puede hacer es terminar de arrancar los tablones y después abriré la ventana desde dentro para que pueda entrar en la casa.

—Creo que... que no puedo hacerlo, señor McGuire.

—Entonces espero que haya ido al baño antes de venir aquí porque estás atrapada para un buen rato —replicó abruptamente.

Era el hombre más vulgar e insensible del mundo, y olvidando tener precaución se giró para decírselo. Pero la escalera se tambaleó como para recordarle que no tardaría mucho en deslizarse por la pendiente.

—De acuerdo, lo haremos a su manera.

—Buena chica. Quédese ahí hasta que llegue al dormitorio. Después haga exactamente lo que le diga.

La silla desapareció y un rato después su voz sonó otra vez al otro lado de los tablones.

—Hoy es su día de suerte, Janie. La ventana se abre, así que solo necesita arrancar un par de tablones para abrir un hueco lo suficientemente grande para que quepa su trasero. Yo me encargaré del resto.

No tenía motivos para creerlo, al menos el último punto. No solo porque estuviera en una silla de ruedas sino porque no mostraba ninguna inclinación hacia la caballerosidad. ¿Pero qué otra opción tenía más que ponerse en sus manos?

—¿Y bien? —preguntó con una impaciencia

que empezaba a minar su amabilidad temporal–. Piénselo bien. ¿Hay trato o no?

–Hay trato. Gracias, señor McGuire.

Capítulo 2

Ignoraba cómo lo había logrado pero tampoco le pidió una explicación, dada su precaria situación. Era suficiente saber que, tras estar tambaleándose en el aire, temiendo hasta respirar mientras luchaba con el primer tablón, él había conseguido abrir la ventana seis centímetros para concluir la operación rápidamente.

Su brazo sólido y la fuerza decidida de su mano la tranquilizaron. En nada de tiempo, el resto del cristal quedó al descubierto. Solo le quedaba reunir valor para saltar dentro de la casa.

Debería haber sido fácil. Lo hubiera sido de no haberse dado cuenta de que la escalera estaba demasiado a la izquierda de la ventana. Medio metro la separaba de la seguridad y atravesar esa distancia le parecía tan imposible como intentar saltar el Gran Cañón.

Liam McGuire percibió su inseguridad.

—No ha llegado tan lejos para asustarse ahora. Deje de atemorizarse y siga.

El sudor empapaba su cuerpo.

–No puedo hacerlo –aseguró con voz temblorosa observando el abismo que los separaba.

–Tiene que poder. Se ha metido sola en este lío y, como soy casi un inútil en esta silla de ruedas, va a tener que salir de él sola. Así que deje de respirar tan deprisa, agarre un extremo del marco de la ventana y salte al alféizar. No es nada.

–¿Está loco? ¡En ese alféizar apenas cabe una gaviota!

La miró con sus ojos aguamarina brillantes como el reflejo del sol en el agua. Era la clase de mirada que probablemente haría que sus subordinados corrieran a obedecer sus órdenes, pero como lo único que hizo fue devolverle una mirada de terror, él perdió los nervios.

–Justo lo que el médico me había recomendado para una rápida recuperación: cincuenta y seis kilos de mujer catatónica subida en una escalera a seis metros del suelo a la espera de que la rescate Supermán.

Soltando su mano desapareció de su vista repentinamente, y por un segundo terrible, creyó que iba a dejar zanjado el asunto abandonándola a merced de las avispas. Desde algún lugar dentro de la habitación escuchó un resoplido y una retahíla de tacos que, a pesar del pánico, hizo que le dolieran los oídos.

Después volvió a aparecer, pero aquella vez vio la mitad superior de su cuerpo también, además de la cabeza y los hombros.

–De acuerdo. Intentémoslo otra vez.

–No. No puedo. Tengo demasiado miedo.

–Seré amable con su perro si no se asusta ahora –aseguró en su tono supuestamente más persuasivo–. No le usaré como diana la próxima vez que me apetezca disparar con el rifle que Coffey guarda bajo la cama. Ni le diré a nadie que la sorprendí jugueteando con mis calzoncillos.

–Es usted un hombre horrible –gimoteó.

–¿Qué demonios quiere de mí? –rugió volviendo a su habitual actitud agresiva–. ¿Un vaso de sangre? ¿Un kilo de carne? No puedo mantener esta postura indefinidamente.

Debía de haberse levantado de la silla para erguirse apoyando su peso en un brazo, mientras le tendía el otro.

El sudor que cubría su rostro atestiguaba el esfuerzo que le suponía y la hizo avergonzarse de su cobardía.

–De acuerdo, usted gana –accedió débilmente. Depositó un pie en el alféizar y se arrojó sobre él.

Se raspó los nudillos y las rodillas contra las maderas y se golpeó la cabeza con la escalera al pasar, pero apenas notó el dolor por el alivio de sentir cómo él la agarraba de la camiseta y tiraba de ella para ponerla a salvo.

–¡Ay! –gritó aterrizando a sus pies–. ¡Muchas gracias! Le debo una por esto.

Él resopló y se hundió como un saco de patatas en la silla de ruedas y la giró hacia el salón.

–No, por favor. Lo último que necesito es otro de sus favores. No merece la pena.

–No le hará daño mostrar un poco de gratitud –replicó levantándose y yendo tras él–. La mayoría de la gente estaría contenta de poder abrir sus ventanas en lugar de vivir en un lugar tan oscuro como una cueva.

–Por si no lo ha notado, Ricitos de Oro, no soy como la mayoría de la gente. Si lo fuera, habría resuelto el problema yo mismo, en lugar de tener que recurrir a los servicios de una mujer con vértigo –señaló él colocándose frente a uno de los armarios de la cocina y sacando una botella de whisky–. Necesito beber algo y supongo que usted también.

–¿A esta hora de la mañana? –protestó–. Apenas bebo...

–Puede ahorrarse el sermón sobre los males de la bebida. Me emborracharé cuando me apetezca y ahora me apetece.

Abrió la boca para decirle que ahogar las penas en alcohol no las hacía desaparecer, pero después se lo pensó mejor al ver una palidez grisácea bajo su bronceado. Le tembló la mano al abrir la botella.

Movida por una compasión nacida en otro tiempo en el que también había sido de incapaz de aliviar el sufrimiento ajeno, le tomó la mano y le quitó la botella.

–Permítame –pidió tranquilamente y llenó medio vaso de whisky.

Él se lo bebió de un trago, mantuvo el vaso entre las manos y se recostó en la silla con los ojos cerrados. Resolvió que tenía un rostro bastante bello que reflejaba su personalidad, incluso más de lo que él podía imaginar.

Percibió fuerza en la línea de su mandíbula, risa en el abanico de arrugas del contorno de sus ojos, pasión y disciplina en la curva de su boca. No era un bebedor. Mostraba demasiado orgullo para semejante exceso.

–Puede marcharse cuando quiera –informó sin mover un músculo–. No voy a hacer eso tan aceptable socialmente de invitarla a tomar un café.

–Entonces me invitaré yo sola –replicó y, sin esperar su permiso, llenó la cafetera y la puso en el fuego–. ¿Cómo lo toma?

–Solo, muchas gracias.

Se encogió de hombros e inspeccionó el interior del frigorífico. Además de un trozo de queso, un par de huevos, un cartón de leche abierto, algo de pan y los restos de algo que debía de haber sido carne, estaba vacía.

Olió la leche e inmediatamente deseó no haberlo hecho.

–Esta leche caducó hace una semana, señor McGuire.

–Lo sé –afirmó y, cuando ella se volvió para mirarlo, comprobó que la observaba con malicia–. La guardé a propósito, solo por el placer de verle cara cuando metiera la nariz en otra parcela de mi vida. ¿Le gustaría probar el jamón también, ya que se pone?

Vació la leche en el fregadero y tiró el jamón a la basura.

–Quien le hace la compra está haciendo mal su trabajo. Pero, como había pensado ir a Clara's Cove más tarde, puedo pararme en la tienda y comprarle algunas cosas si quiere.

–¿Qué parte de la frase «Métete en tus asuntos» es la que no entiende? ¿Qué tengo que hacer para dejar claro que soy capaz de hacer la compra yo solo? ¿Cómo puedo hacerla entender que puede tomar su caridad y meterla donde quiera, porque ni quiero ni necesito su ayuda?

Se tomó los insultos como lo que eran: un amargo resentimiento por verse atrapado en una silla de ruedas. Cuando le ocurrió a Derek, reaccionó del mismo modo y tardó meses en aceptar cómo iba a ser su vida a partir de entonces.

—Sé lo difícil que debe de resultarle esto, señor McGuire, y en absoluto quise ofenderlo.

—A no ser que haya estado donde estoy yo ahora, no tiene ni idea de cómo me siento.

Fregó y secó el plato donde había estado el jamón, lo guardó y preparó el café.

—Pues lo sé. Mi marido...

—Vaya, tiene un marido. En ese caso, ¿por qué no corre a atenderlo en lugar de deshacerse en atenciones conmigo?

—Porque está muerto —respondió.

La sorpresa y quizá la vergüenza borraron la sonrisa del rostro de Liam McGuire.

—Demonios —murmuró mirándose las manos—. Lo siento. Debe de ser duro. Es bastante joven para ser viuda.

Se secó los nudillos heridos con cuidado, dobló el trapo sobre la encimera y se dispuso a marcharse.

—No estoy buscando su compasión más de lo que usted busca la mía, señor McGuire. Pero hágame caso, la gente puede adaptarse y se adapta, si se lo propone. Pero por supuesto, si solo les interesa regodearse en la autocompasión también pueden hacerlo, aunque por qué les resulta una alternativa interesante me desconcierta, porque debe de ser una tarea muy solitaria. Buenos días.

—¡Espere!

Estaba casi en la puerta cuando la detuvo.

—¿Me llamaba? —preguntó con dulzura.

—¿Es profesora, por casualidad?

—No es asunto suyo, pero no. ¿Por qué lo pregunta?

—Porque habla como una profesora.

—Ya. ¿Quiere algo más, señor McGuire?

—Sí —contestó irritado—. Deja de llamarme señor McGuire de ese modo prepotente. Me llamo Liam.

—¡Qué amable! ¿Algo más, Liam?

Dio una palmada en el brazo de la silla y miró hacia el techo como invocando a la divina providencia para que lo salvara de sí mismo.

—Voy a arrepentirme de esto después —afirmó y volvió a mirarla—. Como ya has preparado ese dichoso café, puedes quedarte a tomar una taza. Hay una lata de leche en el armario, si quieres.

—Eres muy amable, pero acabo de recordar que Bounder está fuera y no quiero que ande merodeando por la isla solo.

—Entonces entra con el perro. No es la primera vez que se siente como en casa aquí.

—¡Bendito sea! —exclamó incapaz de ocultar el placer de haber obtenido una concesión de él—. ¿Cómo podría rechazar tan amable oferta?

Esperó a que el café estuviera servido para decir algo. Ella se había sentado en el sofá y Bounder estaba olisqueando al lado de la silla.

—¿Hace mucho que... estás sola?

—Solo dos años.

—Lo que dijiste sobre entender cómo me sentía en esta silla... ¿estaba tu marido...?

—Sí, la mayor parte de sus tres últimos años de vida.

—Me volvería loco si me quedara así tanto tiempo —aseguró.

—Es asombroso lo que se puede aceptar cuando no se tiene elección.

—Yo no. No voy a permitir que nada ni nadie controle mi vida, especialmente un puñado de doctores que no saben de lo que hablan. Según ellos, debería conformarme con estar vivo y tener las dos piernas y no preocuparme por volver a caminar otra vez. ¡Pero les daré una lección! Se necesita más que un fallo en la estructura de una plataforma petrolífera para tenerme atado a una silla de ruedas para el resto de mi vida.

¡Qué vida tan peligrosa llevaba! Había visto reportajes y documentales sobre las plataformas petrolíferas en alta mar. Le habían parecido inhóspitas.

—Deduzco que sufrió un accidente –intervino ella.

—Puede llamarse así. Me quedé atrapado bajo una viga de acero y tuve unos problemillas para liberarme.

Como estaba tan decidido a tratar un accidente casi mortal como algo sin grandes consecuencias, le pareció inteligente responder del mismo modo.

—No hay duda de que, con un poco de suerte y buena voluntad, algunas personas se recuperan extraordinariamente. ¿Te sirvo más café antes de marcharme?

—¿Ya te vas? ¿Por qué? ¿Hay un incendio?

Si antes no hubiera intentado con tanto interés librarse de ella, habría creído que quería que se quedara un poco más.

—No hay incendios. Más bien al contrario. Quiero llevar a Bounder a nadar antes de que suba la marea.

Al oír su nombre, el perro se irguió entusiasmado con un zapato en la boca.

—Si me lo permites, necesita unas cuantas lecciones sobre obediencia —aseguró Liam agarrando el zapato y colocándolo bajo la mesa, después miró hacia su taza antes de que Bounder la volcara con la cola—. Está descontrolado. ¡Tranquilízate, estúpido!

—No es más que un cachorro —replicó Jane a la defensiva—. Aún está aprendiendo y tengo que tener paciencia.

—¡Paciencia! ¡Ya ha aprendido muy bien cómo dominarte! Si te dedicaras a hacer que se comportara y mantuviera sus dientes lejos de la propiedad ajena tanto como a meter las narices en los asuntos que no te incumben, serías mejor recibida y él también. Es demasiado grande para ir trotando por ahí de esa manera.

—La tregua fue bonita mientras duró, pero está claro que ha terminado así que nos largaremos antes de que nos eches. Gracias por el café. Vamos, Bounder.

—Bueno... gracias por lo que hiciste, con los tablones y todo eso.

Parecía que le estaban arrancando los dientes sin anestesia, ¡parecía tan afligido! Pero le disculpó porque sabía que su orgullo estaba tan malherido como su pierna. Cualquiera podría darse cuenta de que Liam McGuire no estaba acostumbrado a estar incapacitado y no podía soportar que una mujer desempeñara un trabajo que él consideraba de hombres.

—De nada. Gracias por rescatarme —respondió ella.

—Fue lo único que se me ocurrió para librarme de ti.

La sonrisa que acompañaba al comentario transformó su rostro. Ella le devolvió la sonrisa.

—Haremos un trato. Prometo no molestarte más si aceptas llamarme cuando necesites ayuda.

—¿Y cómo propones que lo haga, Ricitos de Oro?

—Ata una toalla o algo a un poste del porche para que pueda verlo desde mi casa.

Él se mordió el labio pensativo, después se encogió de hombros y extendió la mano.

—Parece un trato desigual, pero si solo se necesita eso para mantener la paz...

Como parecía que tenía cierta aversión a tocarla más de lo necesario, esperaba que su apretón de manos fuera breve e impersonal. Pero cuando él le vio los nudillos raspados se los frotó con el pulgar.

—Te has herido. ¿Tienes algo para evitar que se infecte?

—Sí.

La preocupación de Liam, aunque impersonal, hizo que se le llenaran los ojos de lágrimas. Él también lo notó.

—¿Tanto te duele, Jane? —preguntó malinterpretando la razón de su aflicción.

—Es que no estoy acostumbrada a que nadie se preocupe por mí, suele ser al revés.

Levantando la mirada la sometió a un breve pero intenso examen antes de soltarle la mano y girar la silla hacia la puerta.

—Entonces ponte unas tiritas en las heridas y cuídate un poco para variar. Ya has perdido bastante tiempo conmigo hoy.

Sintió que la seguía con la mirada por el camino. Antes de subir los escalones del porche de su casa, se volvió y comprobó que él se había quedado en el porche. Cuando la vio girarse la saludó con la mano. Hizo lo mismo y fue como si se encendiera una pequeña llama en el desierto frío y vacío que había sido su corazón durante tanto tiempo.

Aquel gesto sencillo marcó la tendencia de los días siguientes. Cuando se veían de lejos se saludaban con la mano, un acuerdo tácito que implicaba una preocupación mutua y cautelosa.

Una vez le vio sentado al volante de la lancha de Steve cruzando la franja de agua que separaba Bell Island de Clara's Cove en Regis Island. Otra vez lo vio subiendo por la rampa desde la playa. Pero aunque el instinto la llamaba a correr para asegurarse de que podía arreglárselas solo, cumplió su trato y se mantuvo a distancia.

La ola de calor se suavizó hasta una temperatura más típica de primeros de julio, con unas noches frescas y unas mañanas con neblina blanquecina. Los días de vacaciones hicieron efecto y Jane encontró la sensación de satisfacción y de paz interior que durante tiempo había estado ausente.

Pasaba las tardes sentada en el porche en una silla de madera que su abuelo había hecho hacía años mirando cómo salían las estrellas. Cada mañana temprano dejaba un rastro de pisadas por la arena de la orilla del mar. Nadaba en el agua de la cala templada por el sol y subía por las suaves colinas de Bell Mountain para recoger arándanos silvestres. Y enseñaba a Bounder a sentarse y a quedarse quieto.

Su piel adquirió un cierto bronceado y engordó un par de kilos, de modo que sus brazos y piernas no parecían tan delgados. Dormía como un bebé y redescubrió una serenidad de espíritu que creía haber perdido para siempre.

A veces pensaba que podría vivir así eternamente, escondida, en compañía de Bounder y con las águilas calvas y las ballenas como testigos de sus idas y venidas. Pero nada duraba para siempre. El tiempo y la vida seguían. Se producían cambios.

Para ella empezaron la mañana en que salió y encontró unas almejas frescas al pie de la escalera del porche. No se había molestado en dejar una nota, pero supo que había sido Liam quien las había llevado, aunque no podía imaginar cómo había conseguido llegar hasta allí.

Esperó hasta que lo vio montarse en la barca y después se acercó para dejar pan recién hecho fuera de su casa.

Así establecieron otra tenue línea de comunicación: él le llevaba medio salmón, ella fresas salvajes, ella la tarta de manzana aún caliente mientras él dejaba gambas del tamaño de langostas que había pescado en las aguas profundas del canal. Y todo se hacía de modo furtivo para no contravenir los términos del pacto de coexistencia pacífica e independiente.

41

Un día advirtió que la silla de ruedas estaba vacía y apoyada contra un poste, al final de la rampa que llevaba a su casa. Temerosa de que se hubiera caído de ella, se acercó y subió la rampa, asustada por lo que pudiera encontrar.

Lo encontró de pie en el lado del porche que daba al mar. Sujetándose en la barandilla, apoyaba el peso en la pierna herida.

Quiso gritarle que tuviera cuidado de no acelerar su recuperación. Y el que estuviera temblando por el esfuerzo indicaba que estaba forzándose demasiado.

Su preocupación no era del todo altruista. También había un poco de desilusión, porque mientras su recuperación progresaba la posibilidad de que acudiera en su ayuda era remota. Y la soledad tenía sus inconvenientes. No se podía mantener una conversación inteligente con un perro, aunque fuera tan listo como Bounder.

Al parecer Liam McGuire llegó a la misma conclusión porque unos días más tarde, en lugar de comida, dejó una nota.

Si te apetece puedes venir esta noche a cenar, y trae a tu perro. A las siete.

No era muy refinada quizá, pero una invitación real no la hubiera alegrado tanto.

—Nos vemos a las siete —respondió. Dejó la nota bajo una piedra en el porche y corrió a su casa para preparar una tarta de moras.

Mientras estaba en el horno, arrastró la bañera de metal desde el porche trasero a la mitad de la cocina, la llenó de agua calentada en la fuego y se bañó. Se lavó el cabello para retirar el agua salada, después se lo aclaró con agua fría. Se extendió crema perfumada por la piel reseca por el sol y rescató los pocos cosméticos que tenía y que no habían visto la luz del sol desde que había llegado a la isla. Planchó uno de los pocos vestidos que había llevado. Era de algodón azul sin mangas, largo y ajustado a la cintura.

Después, cuando se acercaban las siete, sufrió un horrible ataque de nervios, se quitó el carmín de los labios, enterró el vestido en el fondo del armario y se puso unos pantalones cortos y una camiseta rojos.

—Como si importara lo que me pusiera. Podría aparecer desnuda y ni se inmutaría —le dijo a Bounder.

Había actuado en contra de sus principios y se estaba arrepintiendo. Se había arrepentido desde que había bajado el último escalón del porche tras dejar la nota. Una extraña fiebre debía haberse apoderado de él sin que se diera cuenta. ¿Por qué otra razón si no iba a sabotear su vida ordenada invitando a que ella y su perro loco a se metieran en ella? ¿Y para qué iba a perder la mayor parte de la tarde intentando arreglar la casa para que tuviera mejor aspecto? Colocó una mesa de picnic que había conocido tiempos mejores sobre la hierba y unas servilletas de papel.

Se sirvió una copa de vino de la cubitera y se dirigió a la barandilla desde la que se veía el mar. Eran casi las siete y cuarto. Había tenido la impresión de que ella era puntual, así lo más probable era que hubiera cambiado de idea. Y le parecía bien. La comida no se iba a echar a perder, porque la energía que había empleado para preparar la cena le había abierto el apetito.

Era curioso cómo podía cambiar el humor de una persona. Aquella tarde, al encender el fuego del horno, se había sorprendido silbando entre dientes. Había deseado que llegara la tarde, para verla sonreír y reír.

Después de un tiempo, uno se cansaba de oír su propia voz y de tener los mismos pensamientos rondándole por la cabeza. ¿Volvería a andar de nuevo? ¿Había acabado su carrera como experto al que todo el mundo llamaba?

Necesitaba distraerse y, en circunstancias normales, lo habría hecho con otras personas. Con mujeres, aunque no con una en concreto porque eso siempre traía complicaciones.

Jane Ogilvie le había hecho un favor cancelando la cita, sin duda. Si empezaba a invitarla a comer se mudaría a su casa en menos que cantaba un gallo. Le parecía muy casera y la prueba era que había cocinado para él. Nunca había preparado pastas integrales, pero se las arreglaba para preparar cualquier otra cosa, lo que era lo mismo.

Tomó otro sorbo de vino y se frotó la mejilla rasurada con irritación. Afeitarse después de tantos días le había dejado la piel irritada como el trasero de un bebé y eso también era culpa de ella. Si no se hubiera alojado en la casa contigua, habría permanecido como un ermitaño satisfecho, en lugar de intentar tener un aspecto decente, cuando solo disponía de una ducha de agua fría y un espejo minúsculo sobre el fregadero de la cocina.

Por el rabillo del ojo, apreció un movimiento a la izquierda del porche, algo rojo y negro, seguido por el sonido de unas pezuñas subiendo por la rampa de madera y el aroma inconfundible de las moras.

Para contrarrestar la súbita y completamente absurda satisfacción que amenazaba con barrer su mal humor, se hundió más en la silla y miró hacia el sol que se ponía por el oeste. ¿Por qué diablos no se había quedado en su casa?

Capítulo 3

Lo siento, llegamos tarde –se disculpó sosteniendo la tarta con una mano e intentando controlar a Bounder con la otra.

–No me había dado cuenta –mintió Liam, aparentemente demasiado hipnotizado por los trazos de lavanda y rosa que surcaban el horizonte como para percatarse de la hora, y menos de ella–. ¿Ya son las siete?

–Casi y media. Temí que no me esperaras.

–Nunca se me pasó por la cabeza –replicó levantándose un poco y mirando dentro de la copa–. Estaba demasiado ocupado disfrutando de mi soledad.

¿Así que iba a ser así? Apretando los labios molesta, agradeció en silencio no haberse arreglado demasiado para lo que prometía ser una farsa.

–Espero que mi llegada no te haya molestado.

–En absoluto. Ambos necesitamos alimentarnos, pero eso no implica que unir nuestras fuerzas se vaya a convertir en una costumbre –sentenció lanzando una mirada de sorpresa exagerada a la tarta–. ¡Has preparado una tarta! ¿Por qué no me sorprende? Ponla sobre aquella encimera y mientras tanto sírvete una copa de vino. Me levantaría para hacerte los honores pero...

–¡Por favor! Ni se me ocurriría esperar que te dignaras a moverte.

A pesar de lo obtuso que era, incluso él captó el tono de su voz.

–¿Qué esperas exactamente, Jane? ¿Que te trate como si fueras una cita? Porque, si es así, te vas a llevar una desilusión. Resulta que he pescado lo suficiente para dos y, como eres mi vecina más próxima, te invité para que compartieras el festín. Que seas bastante joven y no muy fea no tiene nada que ver. Habría hecho lo mismo si tuvieras setenta y nueve años y te faltaran los dientes.

–Oir eso me alivia más de lo que imaginas –replicó–. Porque, y siento herir tu enorme ego, si hubieras pensado que era una cita, me habría visto obligada a declinar tu invitación. No eres mi tipo.

–¿Y cuál es tu tipo? –preguntó–. Alguien con dos piernas que pueda perseguirte por toda la isla, para después llevarte a hombros y tumbarte en su cama.

–No. Alguien a quien le funcione el cerebro, y empiezo a sospechar que no han sacado el tuyo de su caja.

Su comentario le sorprendió bebiendo y le hizo toser porque se atragantó.

—Está bien —graznó cuando consiguió recuperar el aliento—. Has ganado esta partida. Admito que estaba molesto porque parecía que no ibas a venir y me he comportado como un idiota. ¿Podemos empezar de nuevo si prometo mejorar mis habilidades como anfitrión?

—No estoy segura —contestó aunque sabía que mantener su expresión de enfado era causa perdida ante semejante confesión, sobre todo si Bounder hacía carantoñas al objeto de su enfado—. No puedo decir que me halagara cómo me has descrito.

Rodeando la hamaca él se dirigió hacia la estantería donde estaba la vieja lámpara de queroseno de Steve y la encendió. Por un instante, antes de que se girara hacia ella, la luz dorada iluminó sus facciones mostrando una leve sonrisa.

—¿Te refieres a la parte de que no estás mal?

—No fue eso lo que dijiste, pero como vamos a empezar otra vez no discutiré sobre semántica.

—En ese caso —dijo bajando la rampa hacia el césped–. Si no te importa servir el vino, yo encenderé el fuego, así podremos charlar y admirar la puesta de sol mientras esperamos a que hierva el agua.

Por alguna razón dudaba que Liam McGuire fuera de los que pierden el tiempo charlando. Estaba demasiado lleno de energía contenida por las condiciones físicas que tenía que soportar. No solo la observaba por fuera sino también por dentro, con una mirada fría que exploraba sus pensamientos más íntimos.

En cuanto se reunió con él junto al fuego empezó el interrogatorio.

–Salud –brindó levantando la copa y antes de que ella tuviera tiempo de brindar y menos de beber, continuó–. Cuéntame cómo acabó tu marido en una silla de ruedas.

–¿Cómo?

Lo miró ofendida e incrédula. ¿Es que era insensible al dolor de los demás?

–Háblame de tu esposo. Tengo curiosidad.

–Eso es obvio. Me pregunto por qué quieres saberlo.

–Tenemos que hablar de algo y la última vez que estuviste aquí comentaste que entendías mi frustración por estar en este maldito armatoste, porque lo habías visto pasar por lo mismo. Pero si hablar sobre ello te disgusta, podemos hablar de la desaparición de la capa de ozono o de la migración de la pulga de la nutria.

—No sabía que las nutrias tuvieran pulgas —replicó con seriedad.

Inclinándose hacia ella, apoyó un codo en el brazo de la silla y la barbilla en el puño y le lanzó una de sus miradas inquietantes.

—Su muerte aún te duele después de dos años, ¿verdad?

—Nunca será fácil, pero ya lo he superado.

—¿Qué sucedió? ¿Un accidente?

—No, tuvo esclerosis lateral amiotrófica.

—Sí, la conozco. Es una de esas cosas... en fin, qué te voy a decir a ti. Tú la viviste. ¿Cuánto tiempo estuvo tu marido...?

—Siete años. Solo llevábamos dieciocho meses casados cuando se la diagnosticaron.

—Apenas habías pasado la etapa de luna de miel. Debías de ser casi una niña. ¿Y aguantaste todo aquello?

—¡Claro que sí! —protestó con indignación—. ¿Qué creías? ¿Que le había dado la espalda porque no siguió siendo el espécimen perfecto y sano con el que me había casado?

—Muchas mujeres lo habrían hecho, los votos matrimoniales de permanecer juntos

51

en la salud y en la enfermedad no se mantienen.

–Si crees eso, es evidente que no sabes mucho del amor.

–Quizá no, pero conozco a muchas mujeres.

Se lo quedó mirando, sorprendida por la amargura que impregnaba su comentario.

–Supongo que no querrás hablar sobre ello –dijo curiosa por su pasado.

–La verdad es que no.

Con dificultad, se agachó para arrojar otro trozo de madera al fuego. Ella podría haberlo hecho en la mitad de tiempo que él, pero era mejor no ofrecerle ayuda.

–El agua va a tardar un poco en hervir –informó Liam–. Pero tengo nueces y aperitivos para picotear mientras esperamos. Si quieres ser útil, ve a buscarlos, están en la cocina, y saca otra botella de vino del frigorífico.

Había limpiado el lugar en su honor. Había barrido el suelo y la encimera estaba vacía excepto por una caja de cartón que contenía cubiertos, platos y servilletas de papel, una rebanada de pan, un paquete de ensalada lista para servir y unos paquetes de nueces y galletitas saladas.

Encontró el vino y un sacacorchos y sirvió los aperitivos en un cuenco de madera.

Cuando regresó fuera, el fuego se había avivado y Liam estaba sentado con la mirada fija en las llamas calentando la olla ennegrecida, mientras Bounder dormía cerca de la silla.

Sentándose en la mesa de picnic, tomó un puñado de nueces antes de pasarle el cuenco a Liam. Él se lo agradeció y durante un rato nada interrumpió el silencio aparte del graznido de una gaviota y el crujido de la madera en la lumbre. El cielo se había tornado amarillo pálido al ponerse el sol y las primeras estrellas brillaban levemente por el este.

Desde donde estaba sentada podía ver el mar y las montañas lejanas y más cerca la mata de cabello oscuro de su anfitrión.

«¿Qué te ocurrió que te hizo temer tanto a la gente?» deseó preguntar, y sintió el deseo de tocarlo. Su figura emanaba soledad y necesidad de afecto.

—Tú no eres la única que ha estado casada. Yo también lo estuve una vez —habló de repente, como si supiera que ella ardía de curiosidad. Lanzó la información como un reto, como deseando que ella continuara con el tema.

—¿De verdad? —preguntó débilmente.

Como él no respondió inmediatamente, ella lo dejó estar y, por un momento, el silencio se hizo más profundo que la noche. Las llamas se hicieron más brillantes, más altas y una nube de vapor surgió de la olla. Bounder se revolvió para adoptar una posición más cómoda hozando en el reposapiés de la silla.

—Por si te lo estás preguntando, estoy divorciado.

Por el tono cáustico de su voz, debió habérselo imaginado. Así que optó por decirle que lo sentía.

—¡Yo no! Me considero afortunado por haberme librado de ella.

—¿No lo encuentras triste?

—¡Cielos, no! ¿Por qué debería?

—Porque seguramente estuvisteis enamorados una vez, y cuando esos sentimientos murieron, perdisteis algo precioso.

—Perdí un parásito comedor de dinero. Caroline tenía una calculadora en lugar de un corazón. Su afición preferida era evaluar cuánto valía un hombre y si se podía permitir mantenerla. El amor no formaba parte de la ecuación.

—En ese caso, ¿por qué te casaste?

—Durante años me pregunté lo mismo y nunca encontré una explicación que tuviera sentido. Digamos que fue una combinación de lujuria y ceguera por mi parte, y una brillante actuación por la suya. Cuando descubrí que no era lo que parecía al principio, ella decidió que no le gustaban las exigencias de mi trabajo y encontró consuelo en los brazos de otro mientras yo estaba fuera trabajando. Lo último que supe fue que lo había dejado por alguien con una billetera más llena.

—No puedo imaginar a ninguna mujer comportándose así —afirmó Jane preguntándose si su frialdad solo ocultaba un corazón herido.

—¡Créeme, sucede! Solo porque tú pasas el tiempo abrillantando tu aura no creas que las otras mujeres hacen lo mismo.

—¡Me ofendes! —replicó mientras la compasión que había despertado en ella se evaporaba tan rápidamente como había surgido—. Mi devoción por Derek no tenía nada de sufrimiento. Yo lo quería y él a mí, y los dos respetábamos nuestros votos de matrimonio. Así que no creas que porque tu matrimonio se rompiera, el mío solo se mantenía por pena, porque no fue así. Era bastante sólido como para durar, a pesar de lo que la vida le deparó.

—Y terminó antes de que la presión se hiciera insoportable.

—¿Cómo puedes...? ¡Bruto insensible!

—Así soy yo —aseguró sin inmutarse por su dolor—. Dar lustre a egos débiles no es una de mis virtudes, prefiero lidiar con la realidad.

—¿A quién crees que estás engañando? Estás tan empeñado en ignorar que eres un discapacitado, que no puedes aceptar un poco de ayuda sin perder los papeles. Podrías dar lecciones sobre cómo fomentar egos frágiles porque es lo que haces con el tuyo.

Se agachó para acariciarle una oreja a Bounder.

—Eso es lo que hacen las mujeres, amigo Bounder. Van directamente a la yugular. Acepta mi consejo y aléjate de la mayoría de ellas.

Bounder apoyó la pata en su regazo y lo miró con adoración. La escena le revolvió el estómago.

—Estoy empezando a preguntarme por qué acepté a venir aquí —afirmó.

Liam soltó otra de sus risitas de autocomplacencia.

—Es demasiado tarde para volver atrás. El agua está hirviendo y hay que echar los cangrejos a la olla.

—Te ofrecería mi ayuda, pero me temo que podría sucumbir al deseo de arrojarte a ti también.

Él se rio y se acercó al fuego.

–¡Mira, Janie! El aura se te está difumi- nando, aunque debo de admitir que me gus- ta más así. De hecho, si las cosas fueran dis- tintas, podría haber intentando flirtear con- tigo.

Su arrogancia solo era superada por la es- tupidez de ella. No tenía sentido sentirse ha- lagada por ese cumplido ni preguntarse si le costaría mucho cambiar su opinión sobre el amor y el matrimonio. Era un soltero empe- dernido y sería un marido insoportable. No era que quisiera encontrar uno. Estaba con- tenta de permanecer soltera, a pesar de lo que creyeran sus amigos.

«Dos años es suficiente para dejar el luto y seguir con tu vida, Jane», le habían dicho, y habría estado de acuerdo con ellos si no fuera porque eso significaba encontrar otro hombre. No habían entendido que necesita- ba tiempo para ella misma.

–Por si no te has dado cuenta, te he dicho un cumplido –señaló Liam echando el últi- mo cangrejo a la olla–. ¿Así que a qué viene esa cara de enfado?

–Estaba pensando.

–Si te cuesta tanto, quizá no deberías mo- lestarte en hacerlo.

–Muy gracioso. ¿Alguna vez mantienes una conversación sin lanzar unos cuantos insultos?

–Relájate, Janie. Solo era una broma. ¿Qué malos pensamientos te han atrapado tan de repente?

–Estaba pensando en mis amigos. En su opinión, es hora de que me case otra vez.

–¡Espero que no me estés considerando como un candidato!

–No te hagas ilusiones, McGuire. La razón por la que vine a la isla fue para escapar de tanto consejo bienintencionado. Y aunque me sintiera inclinada a seguirlos, tu nombre sería el último de la lista.

–Eso es un alivio. Creí que dijiste que tu matrimonio fue bien.

–Lo fue.

–¿Entonces por qué eres tan reacia a intentarlo de nuevo?

–No estoy diciendo que quiera permanecer soltera el resto de mi vida. Pero no tengo prisa por encontrar un marido.

–¿Porque sigues de luto?

–No como te imaginas.

Suspiró al no estar muy segura de que quisiera explicárselo ni de que él fuera a entenderlo.

¿Cómo podía explicarse con palabras la tragedia de un hombre vital marchitándose, o el triunfo de la dignidad humana sobre el sufrimiento? ¿Cómo explicar que el valor de Derek había sido su inspiración para mantenerse a flote los meses después de su muerte?

Pero Liam no tenía intención de cambiar de tema.

—Ahora me ha picado la curiosidad. ¿Te importaría explicármelo?

—Amaba a mi esposo, pero su muerte fue un alivio. Observar cómo se deterioraba me vació. Sabía cuánto odiaba depender de otros. Dolía ver cómo los viejos amigos desaparecían y observar cómo se aislaba cada vez más en la prisión de su enfermedad. ¿Cómo podía asegurar que lo amaba y al mismo tiempo desear egoístamente que siguiera vivo?

—No podías elegir. Eras tan prisionera y tan víctima de su enfermedad como él.

Su capacidad para ir a la raíz de los hechos de un modo que ni sus amigos habían sido capaces de hacer la conmovió.

—Sí. Nos preparamos para su muerte juntos, y después, dispuse todo como habíamos acordado para empezar una nueva vida. Pero hablar es fácil. Lo difícil es hacer. Mientras la tristeza por su muerte disminuía, me puse tan furiosa por el modo en que habíamos bromeado... Habíamos compartido muchos sueños para el futuro y descubrí que no podía olvidarlos. Me aferré a ellos porque así mantenía su recuerdo vivo en mi corazón. No quería recordarlo como había estado al final.

–Es normal querer recordar los buenos tiempos, Jane. Es lo que nos mantiene en pie cuando el dolor amenaza con ganar.

–Lo sé. Pero supuso que, después de aceptar la pérdida de mi marido enfermo, pasé otro año llorando por el hombre que había sido tan vital, el que me había esperado en el altar, que me había llevado a Bali de luna de miel, a hacer rafting al río Fraser, con el que había jugado al tenis y montado en elefante en Tailandia.

No se había dado cuenta de que estaba llorando hasta que las lágrimas cayeron sobre su camiseta. Buscó un pañuelo en el bolsillo y, al no encontrarlo, se secó las lágrimas con los dedos mientras Liam la observaba sentado.

–Al menos podrías ofrecerme algo con que limpiarme la nariz.

–Hay una caja de pañuelos en la mesa.

Agradecida por tener una excusa para escapar, salió corriendo para limpiarse. Cuando salió otra vez, llevó los platos y otras cosas para la cena. Liam estaba sacando los cangrejos de la olla y poniéndolos en una bandeja de metal, pero se detuvo para observar cómo ella colocaba todo sobre la mesa.

—¿No te ha dicho nadie que mirar así es de mala educación? —protestó irritada intentando no temblar.

—Es bueno llorar. Todo el mundo lo hace alguna vez.

—Tú no. Apuesto a que no recuerdas la última vez que lloraste.

—Por primera vez no estamos hablando de mí. Y tampoco tenemos que hablar de ti, si es tan doloroso.

Se quedó parada, no tanto por lo que había dicho sino por cómo lo había dicho. Una vez más su amabilidad la había pillado desprevenida.

—No lo es. No sé qué me ha hecho llorar —mintió. Pero no le diría que su comprensión había sido la causa del llanto—. Lo que la mayoría de la gente no entiende es que, una vez que ha pasado el luto, una persona necesita reponerse antes de pasar a la siguiente fase. Solo hace seis meses que he salido del túnel, pero mis amigos inmediatamente emprendieron la misión de emparejarme con otro posible marido. No pueden aceptar que estoy contenta de estar sola.

—A mí me parece que tiene mucho sentido —afirmó señalando la bandeja—. La cena está lista. Podemos comer dentro si tienes frío.

—Aquí fuera se está bien.

Él arrojó más leña al fuego y después se acercó a donde ella estaba sentada.

—¿Y qué más eres aparte de viuda? —preguntó rellenando las copas—. ¿Qué haces cuando no estás de vacaciones?

—Soy la directora de préstamos de un banco en Vancouver. Volví al trabajo justo después del funeral. En aquel momento me pareció lo mejor, estar ocupada y todo eso, pero desde comienzos de año, tuve un resfriado tras otro y en mayo sufrí una gripe que se convirtió en neumonía. Mi médico me recomendó un cambio por un tiempo, así que me tomado una excedencia de tres meses. He pensando no hacer nada además de tomar el sol y holgazanear hasta septiembre. ¿Y tú? ¿Por qué estás aquí?

—Porque ahora no soy muy útil en el trabajo. Creí que era evidente.

—Solo para quien sepa exactamente el tipo de trabajo que realizas. Por lo poco que me has contado, adivino que eres algo así como ingeniero.

—¡Bingo! Eres la mejor de la clase, Janie.

—Pero seguro que tu trabajo consiste en

algo más que reparar plataformas petrolíferas.

–Tienes razón. No todo es trabajo de campo. Paso cierto tiempo en mi oficina de Vancouver dibujando planos. Pero volvamos a ti. Nunca habría imaginado que fueras alguien que quisiera competir en un mundo tradicionalmente masculino.

–Pues lo gracioso es que me gusta pensar que como mujer añado una nueva dimensión de sensibilidad al trabajo. Pedir dinero prestado nunca es fácil –explicó mojando un trozo de cangrejo en mantequilla derretida.

–¿Crees que los hombres no pueden ser sensibles?

–Claro que sí. Y si no lo hubiera creído, esta noche tú me has demostrado que estaba equivocada.

–¡No intentes ablandarme o esa será tu última copa de vino! El que haya prestado atención para variar, no cambia las normas básicas que me he impuesto sobre no involucrarme en la vida de los demás.

–¿Por qué te cuesta tanto reconocer que puedes demostrar más que malos modos y una actitud agresiva? ¿Es porque tienes miedo de que, si bajas la guardia, me aproveche de ti?

Él dejó escapar una carcajada.

–¡Eso sería gracioso! Puede que esté en

una silla de ruedas, pero aún puedo correr si tengo que hacerlo.

Ella se inclinó hacia él.

—No te preocupes, Liam —susurró—. Tu querida soltería está a salvo conmigo. No intentaré convertir la invitación para cenar en algo más de lo que se suponía que iba a ser. Y para probarlo ni siquiera voy a ofrecerme a fregar los platos antes de marcharme.

—Pero a lo mejor quieres lavarte la cara. Te has manchado la barbilla con la mantequilla —señaló.

—¿Siempre tienes que decir la última palabra? ¿Siempre tienes que responder con alguna frase despectiva?

—¿Preferirías que no te lo hubiera dicho? La mayoría de las mujeres son lo bastante vanidosas como para querer saber esas cosas.

—Pero yo no soy una de ellas. No me conoces en absoluto.

Durante un instante, él la observó, su mirada subió de las muñecas hasta su rostro y se quedó fija en la boca. Como si, a pesar de todos sus comentarios corrosivos, la encontrara atractiva.

—Tienes razón. Ni te conozco ni tengo intención de hacerlo. Las circunstancias nos han hecho vecinos, pero eso no nos convierte en amigos. En algún momento nos marcharemos de aquí cada uno por su lado. Por lo que a mi respecta, cuanto antes suceda, mejor.

Ella se marchó poco después de aquello. Aquel último comentario no invitaba a seguir conversando.

Se había alegrado de que se marchara. Pedirle que fuera a su casa había sido un error que se aseguraría de no volver a repetir. Había observado su silueta desvanecerse en la noche casi con alivio.

Era una pena no poder apartarla del mismo modo de su mente. Mucho tiempo después de que la luz de su dormitorio se hubiera apagado y de que el fuego se hubiera extinguido, él permanecía fuera, a solas con el recuerdo de Jane.

Ella había dicho que no era una de esas mujeres.

«No», pensó él levantando la cabeza para mirar hacia las estrellas, «ella era diferente a las demás». Demasiado sincera y vulnerable.

Cuando ella había llorado, se había enfadado por su incapacidad para levantarse e ir hacia ella. En esos momentos, las mujeres necesitaban que las abrazaran. Ella llevaba mucho tiempo sin que la abrazara un hombre, sin un cuerpo firme y fuerte en el que apoyarse.

Tampoco había sido capaz de aceptar el reto. Ella no necesitaba otro inválido, y lo último que él necesitaba era la distracción de una mujer como ella. Quizá le divertía su ardor, el ánimo con que retaba sus opiniones y su actitud, pero su amabilidad lo aterrorizaba.

Frustrado, atravesó el césped hasta el camino que llevaba al muelle. ¡Lo que daría por arrojar la silla al agua y levantarse con las dos piernas! ¡Por ser capaz de caminar otra vez, hacer lo que quisiera cuando quisiera!

La lancha se mecía suavemente, pero se fue hacia el bote. Se levantó sobre una pierna apoyándose en el extremo del muelle para deslizarse sobre la bancada. Necesitaba ejercicio físico, algo extenuante que le hiciera olvidar que estaba inválido.

Soltando las amarras, tomó los remos y empujó. Bajo la sombra del muelle, la bahía estaba silenciosa y vacía, y el agua tan plana como un espejo. Dedicado a su tarea, condujo el bote hacia delante, describiendo una trayectoria paralela a la tierra.

Al rodear la roca que separaba las dos calas, ella emergió del agua a no más de cinco metros completamente desnuda.

Estaba de cara hacia la orilla y no lo vio. Dejando los remos, observó cómo se levantaba con una mano el cabello húmedo de la nuca.

Estaba demasiado delgada, incluso de noche lo notó. Su cintura era como de niña y sus caderas apenas sugerían las curvas de una mujer. Aun así era preciosa. Frágil como la porcelana. Deseable.

El repentino deseo lo enfureció. No por la respuesta de su cuerpo, sino porque desmentía lo que se había estado diciendo toda la tarde. La deseaba. ¡La deseaba!

Como si hubiera dicho esas palabras a voz en grito, ella se giró y lo sorprendió observándola.

Capítulo 4

Abrió los ojos como platos por la sorpresa. Se apresuró a taparse los pechos con las manos, aunque se agachó en el agua para ocultarse de él hasta que la única parte de su cuerpo que sobresalía era su cabeza, húmeda y oscura como la de una foca, y el contorno pálido de su rostro.

Con un susurro lo insultó más que si hubiera gritado su humillación.

–¡Pervertido! Si es así como te diviertes no me extraña que tu mujer te dejara por otro. No eres más que un adolescente crecidito disfrazado de adulto.

–Fue un accidente. No vine buscándote, salí a quemar unas cuantas calorías. Creí que estabas acostada. Tu casa lleva horas a oscuras.

–¿Cómo lo sabes? –preguntó dirigiéndose hacia la barca. Las ondas que provocaba en la superficie del agua camuflaban perfectamente su desnudez–. ¿Te sientas a espiar cada uno de mis movimientos?

–¡Dame un respiro, Jane! Tu casa es la única en kilómetros a la redonda. No hace falta ser voyeur para saber si hay luz o no en la casa del al lado. Y como vivimos tan cerca, deberías pensártelo dos veces antes de volver a nadar desnuda, si es que vas a enfadarte por que te sorprendan.

–¡Eres sin duda la criatura más insultante que he conocido jamás! –exclamó mientras los dientes le castañeteaban de frío–. No puedo creer que fuera tan estúpida como para pensar que mereciera la pena conocerte.

–Y yo no puedo creer que estemos teniendo esta conversación, a esta hora de la noche. Ve hacia la playa antes de que sucumbas a la hipotermia. No me hace gracia la idea de encontrar tu cuerpo en la playa por la mañana. Al contrario de lo que piensas, valoro bastante más la vida humana.

–¡Sobre todo la mía, seguro! –replicó ella dándose la vuelta–. ¿Por qué si no ibas a estar persiguiéndome así?

–Janie, no tengo que conformarme con señoritingas como tú cuando quiero que me rasquen lo que me pica. Hay cientos de mujeres que estarían contentas de complacerme.

–Si hay tantas, ¿por qué no le pediste a una de ellas que cenara contigo en lugar de a mí?

–Ya te lo dije. Solo porque tú estabas allí.

Si hubiera querido un revolcón habría ido a otro sitio –contestó. Aunque no podía ver mucho, se inclinó para examinar lentamente su figura desdibujada–. Sinceramente, estás demasiado delgada para mi gusto y deberías engordar un poco. He visto galgos más gordos que tú.

–Y tú eres un cerdo desagradable –protestó echándole agua a la cara.

Cuando dejó de carcajearse, ella estaba en la playa corriendo hacia los árboles que bordeaban el camino hacia su casa.

Su risa la siguió todo el camino. Qué patética debía haberle parecido. No necesitaba que le dijera que carecía de lo que le gustaba a los hombres. El espejo no mentía y los pocos kilos que había ganado las últimas semanas no disimulaban su figura menuda. Como él había señalado, no era su tipo en absoluto.

¿Por qué le importaba? Nunca le habían gustado las relaciones pasajeras. Derek había sido su único amante y había llegado virgen al matrimonio. Un hombre que descartaba a las mujeres tan fácilmente como las atraía no era para ella. Si se enamoraba otra vez, sería de alguien que se tomara la monogamia tan en serio como ella. «Que me rasquen lo que me pica». Qué falta de respeto por las mujeres mostraba semejante comentario.

Y aun así, por la mañana, se encontró mirando hacia el otro lado de la bahía, en dirección a su casa, pensando en el hombre que vivía allí, deseando que sus caminos se cruzaran otra vez y temiéndolo a la vez.

Estaba claro que él no estaba deseando correr hacia ella. En algún momento, lo vio de lejos, metiendo su trampa para cangrejos en la barca o moviéndose por las rocas. Pero él no miró en su dirección ni una vez y no habrían vuelto a hablarse de no haber sido por la tormenta.

Aquel día se había despertado con el cielo cubierto y un calor opresivo que auguraba problemas. A pesar de que las puertas y las ventanas estaban abiertas, la casa era como un horno. Los truenos murmuraban a lo lejos, el presagio de que lo peor estaba por venir.

Justo después de las tres de la tarde, oyó el rugido de un motor y vio a Liam al volante de la lancha, alejándose del muelle e internándose en las aguas abiertas de la ensenada.

–Debe de estar loco –exclamó perpleja–. ¿No sabe lo peligroso que es hacerse a la mar con el tiempo que se avecina?

Una hora después de su partida, un trueno cayó sobre Bell Mountain lleno de furia. Poco después, el cielo se abrió y cayó una niebla tan espesa que hasta las amapolas rojas del porche aparecían desdibujadas.

A las cinco, las flores se doblaban bajo la lluvia clavándose en el suelo. A las seis, un ocaso prematuro oscureció la luz de la tarde.

Entre el ensordecedor estruendo de los truenos y durante los brillantes haces de luz de los relámpagos, se esforzó en escuchar el ruido de un motor, en vislumbrar a través de la densa niebla el contorno del bote cerca del muelle. No halló nada más que la fuerza de la naturaleza.

Bounder lo encontró. Cansada de su pasear incesante, había dejado salir al perro durante un momento de calma, esperando que pronto decidiría que estaba mejor dentro donde estaba seco. Pero pasaron los minutos sin rastro de él, añadiendo otra preocupación más a las que ya minaban su paz de espíritu.

Cuando al fin apareció, se negó a entrar en la casa, dando vueltas en círculo con nerviosismo alrededor de las escaleras del porche y emitiendo aullidos agudos y breves tan diferentes de su ladrido profundo habitual que supo al instante que algo sucedía.

Su mensaje estaba claro. «¡Ven conmigo!».

Agarró el chubasquero de su abuelo, se lo puso sobre los hombros y salió inmediatamente. Al instante, el perro se dirigió hacia la playa corriendo delante de ella y parándose cada poco para asegurarse de que lo seguía.

La marea estaba baja, las rocas resbalaban, la niebla era tan espesa que se habría perdido, si el perro no la hubiera guiado hacia los peñascos del otro lado de la cala donde el camino se bifurcaba y un lado se dirigía hacia el muelle y el otro hacia la casa de Liam.

Fue allí, mientras se detenía para recuperar el aliento, donde la niebla se disipó lo suficiente para que pudiera distinguir la lancha, segura en su amarradero. Unos metros más allá e inclinada por la bajada de la marea, la rampa separaba la tierra del agua.

A medio camino entre ambas, sobre los tablones mojados, una silla de ruedas vacía estaba tumbada de lado.

Como satisfecha de haber causado estragos por un día, la tormenta pareció amainar. Los truenos, la lluvia, el ritmo enloquecido de su corazón se detuvieron, dejando una quietud aún más terrorífica porque el único sonido que penetraba el silencio era el chapoteo del agua cayendo de los árboles.

No se oían gritos de auxilio ni brazadas nerviosas que alteraran la calma del mar. No había señal de nadie más que de ella y de su perro. Parecían ser los únicos seres vivos que quedaban sobre la tierra.

Podían haber permanecido allí indefinidamente, paralizados por el miedo, si Bounder no hubiera perdido la paciencia con el retraso y la hubiera impelido a moverse, no hacia el agua sino hacia la casa cuyo tejado reaparecía levemente mientras la niebla se desplazaba hacia el interior.

Liam yacía sobre el porche, apoyado contra la pared y masajeándose la pierna herida.

¡Al menos estaba vivo!

El alivio la hizo tartamudear de rabia.

—¡Idiota! —gritó arrodillándose ante él—. ¿En qué estabas pensando haciéndote a la mar con este tiempo?

—Tenía que hacer un recado —contestó sin apenas mover los labios.

—¿Un recado?

—Necesitaba llamar por teléfono para dejar un mensaje y mi móvil estaba averiado.

—¿Y qué clase de llamada era esa que merecía la pena que arriesgaras tu vida por ella?

—exclamó perpleja.

—No es asunto tuyo.

Se sentó sobre los pies con las manos en las caderas.

—¿Ah sí? Deja que te diga qué es asunto mío: tu actitud irresponsable que me deja a mí cargar con las consecuencias. ¿Te has parado a pensar por un momento por lo que he pasado toda la tarde, preguntándome si debería encender luces para alertar al guardacostas para que iniciara una operación de búsqueda y rescate, o si debería dejarte revolcarte en tu propia estupidez? ¡No tienes ningún derecho a...!

Se detuvo y tomó aire, furiosa por estar temblando y a punto de llorar. «No puedo hacer esto. No puedo permitirme involucrarme con este hombre y sus problemas. No puedo preocuparme por si vive o muere. No dispongo de lo que se necesita para soportar otra alma en crisis».

—Janie —dijo Liam levantando la cabeza para mirarla con los ojos entrecerrados—. Estabas preocupada por mí. ¡Qué tierno!

—No bromees con esto. No es gracioso. ¿Qué habría pasado si te hubieras internado en la niebla y la lancha hubiera empezado a hacer agua? ¿Qué habría pasado en tus condiciones?

–Cálmate –pidió amargamente–. No ha sucedido. Desgraciadamente para ti, he sobrevivido y estoy ileso.

–¿Llamas ileso al estado en que te encuentras? He visto la silla de ruedas. Sé lo mucho que has tenido que gatear para volver hasta aquí. Estás sangrando, y probablemente lleno de cardenales, y es menos de lo que mereces. Si tuviera un poco de sentido común, te dejaría aquí para que te pudrieras.

–¿Entonces por qué no lo haces?

–Porque, al contrario que tú, no estoy absorta en mí misma y en mis propios problemas. La conciencia no me permitiría marcharme dejándote en el estado en el que te encuentras.

–Justo lo que necesito, la madre Teresa con su aura corriendo a rescatarme.

–Considérate afortunado de que haya tomado clase de primeros auxilios para saber qué hacer.

Estaba herido y cansado, y ninguna bravuconería podría ocultarlo.

–¿Me vas a hacer la respiración boca a boca, Janie? –preguntó irónico.

–No –respondió observando sus heridas. De cerca, vio que se había golpeado un lado de la cara, posiblemente al caerse de la silla de ruedas. Pero lo más urgente era limpiar las heridas llenas de arena y astillas, provocadas al volver arrastrándose a la casa. Estaban infectadas–. Cuando acabe contigo, probablemente lo necesitarás. Aunque no te hayas hecho nada más, estas heridas necesitan una cura.

–Lo estoy deseando.

Se levantó.

–Bien. Empezaremos quitándote la ropa y secándote. Estás calado hasta los huesos.

–Olvídalo –protestó escondiéndose de ella como si tuviera el tifus–. No vas a abusar de mí cuando no estoy en posición de defenderme. Aleja tus manos de mí.

–No te hagas ilusiones. No me preocupas tú personalmente. Me preocuparía igual por cualquiera, aunque cualquier persona habría tenido más sentido común que tú.

–Así soy yo. Siempre buscando problemas y generalmente arreglándomelas para encontrarlos de uno u otro modo. Vete y déjame en paz. Ahogarme habría sido mejor que escucharte hablar como una arpía.

Abrió la boca para contestar, pero la respuesta murió en sus labios. A pesar de su modo de hablar producto del dolor que estaba soportando, el contorno blanquecino de su boca y la pesadez de sus ojos no mentían.

–No me voy a ningún sitio, Liam McGuire, no importa cuánto me insultes. Necesitas ayuda y aquí no hay nadie más que yo. Te guste o no, te voy a llevar dentro y te voy a cuidar, así que, en lugar de discutir, usa tu energía para ponerte en pie. ¿Crees que puedes levantarte si te apoyas en mí?

–Sí, puedo. No soy un inútil, maldita sea. Puedo moverme yo solo.

–Entonces pruébalo –le retó. La mirada que le lanzó podría haber agriado la leche, pero se negó a dejarse intimidar–. Guárdate esas miradas para quien le importe –replicó tambaleándose un poco mientras él se levantaba y le ponía un brazo sobre el hombro–. Esto no es la ceremonia de los Oscars y aunque lo fuera ya se me han acabado las estatuillas.

–Eres una bruja horrible, ¿lo sabes?

–Sí –contestó preocupada por su palidez y el sudor de su frente–. Tienes la habilidad de sacar lo peor de mí.

Medía más de uno ochenta y era un hombre musculoso, grande y fuerte poco acostumbrado a tener que depender de una mujer. Odiaba la indignidad de estar discapacitado y despreció cada segundo laborioso que le costó atravesar el porche y entrar en la casa.

Una vez allí, se apoyó un poco en los

muebles, pero había empezado a pagar por el esfuerzo. El precio por mantener su orgullo masculino lo marcaba el amargo rictus de su boca y su respiración dificultosa. Habría masticado cristales antes que admitir la agonía que estaba sufriendo.

—¿Dónde crees que vas? —preguntó cuando esquivaron la mesa para ir hacia la puerta del fondo.

—¿A dónde crees que vamos? Te llevo a la cama.

—¡De ninguna manera! —replicó acercándose al sofá y dejándose caer en él—. Déjame aquí, me las arreglaré yo solo.

—¿Y cómo vas a hacerlo? Te duele tanto, que apenas puedes sentarte. Así que acaba tu actuación de machito y dime dónde guardas tu medicación.

—Nada de medicinas —se negó apartando la cabeza.

—¿Qué quieres decir? Espero que tengas algo para calmar el dolor.

—Lo suficiente como para poner una farmacia, pero de ninguna manera voy a dejar que me drogues por algo tan insignificante como esto.

—Debería haber imaginado que dirías eso. ¿Y las toallas, o es que tampoco quieres usarlas?

—Estás acabando con mi paciencia —gritó cerrando los ojos como si quisiera hacerla desaparecer—. Por favor, por última vez, lárgate de mi casa y déjame en paz. No te quiero aquí. No te necesito. No necesito más que un poco de tranquilidad.

—Las toallas, Liam —ordenó implacablemente.

Dejó caer la cabeza sobre el pecho y suspiró, una exhalación exasperada de derrota surgió como un viento a través de la habitación.

—Por allí —respondió señalando un mueble en la esquina.

—De acuerdo —dijo tomando dos toallas grandes de baño—. Estas irán bien. Vamos, deja que te quite los vaqueros y la camiseta mojados.

—¡Debes de estar de broma! —protestó levantando la cabeza de repente.

—No —contestó quitándole los zapatos. Sus pies largos y bronceados estaban helados y la piel de sus tobillos estaba raspada—. Lo digo totalmente en serio. Tanto si lo admites como si no, tienes un shock y necesitas calor.

—El tuyo, no. No me vas a dejar en calzoncillos para examinar mi equipamiento.

—Entonces desvístete tú solo.

—Lo haré —aseguró sin hacer ni un movimiento.

—¿Y bien? ¿A qué estás esperando? —preguntó mirándolo con expectación.

—Date la vuelta —pidió.

—¡Por favor!

—¡Date la vuelta! O mejor espera en el porche.

—¿Y por qué no preparo un café y saco el maletín de primeros auxilios en lugar de eso?

—¡Lo que sea! Lo que sea para que dejes de mirar. Y no intentes espiarme.

—No lo haría ni en sueños. De todos modos, no creo que tengas nada que me interese mirar.

—¡Ya te gustaría!

Ella se giró para esconder una sonrisa. ¿No se había dado cuenta de que, si estuviera tan desesperada por ver lo que tanto quería esconder, solo tenía que mirar por el espejo que colgaba de la pared? ¿Pero para qué, si aunque tuviera esperanzas de algo más que curarle las heridas él no estaba en forma para colmarlas?

—Parece que tienes dificultades —señaló tras escuchar maldiciones y rugidos detrás de ella—. ¿Estás seguro de que no necesitas ayuda?

—Necesito que llames al orden a tu perro.

No necesito que me laven las orejas –murmuró con furia.

–No seas tan desagradecido. No te habría encontrado si no hubiera sido por él.

–Recuérdame que muestre mi agradecimiento la próxima vez que vaya a pescar –replicó. Hubo más gruñidos y al final un golpe sobre el suelo, probablemente de los vaqueros mojados–. ¡Ya está! ¡Terminado! Puedes traer las tiritas.

Tenía el torso desnudo, pero se había colocado una toalla que le tapaba de cintura para abajo, piernas y pies incluidos. Lo único que pensó fue que, si lo que cubría era la mitad de impresionante que lo que mostraba, él había sido modesto. Porque ella habría mirado, sin duda. Era...

Desvió la mirada de su torso musculoso. ¡Era una maravilla!

Su reacción estaba justificada porque nunca lo había visto sin ropa. Siempre llevaba vaqueros y camiseta. Y era difícil comprobar la constitución de un hombre que estaba en una silla de ruedas.

–¿Pasa algo, Janie? –preguntó mirándola y quizá leyendo sus pensamientos.

–Nada. Empecemos. Vas a tener un ojo morado por la mañana –aseguró tomándole la cara con delicadeza.

–No será la primera vez –replicó dando un respingo por el antiséptico.

Esa era la parte fácil. Las palmas de sus manos y la cara interna de los antebrazos estaban acribilladas por las astillas.

–Tengo que quitarte las astillas –informó con unas pinzas en la mano mientras desviaba sus pensamientos de la piel bronceada, lisa y musculosa de sus brazos–. O se te infectarán.

–¿Estás buscando oro o qué? –exclamó mientras le arrancaba una astilla de la palma de la mano.

–Quédate quieto y no seas crío –ordenó aplicando alcohol en las heridas–. Ya he terminado aquí. Aparta la toalla un poco y deja que le eche un vistazo a los tobillos.

–No, la toalla se queda donde está.

–Por favor, Liam. Me refiero a un par de centímetros solo. Ni siquiera tú puedes estar tan bien dotado.

–Déjalo –pidió. Por su expresión supo que no tenía sentido insistir–. Ya has hecho bastante y yo ya he tenido suficiente por hoy.

Ella se encogió de hombros y cerró el botiquín.

–Si tú lo dices... Pero si quieres mi consejo...

–No lo quiero. No es que no te agradezca

lo que has hecho, pero ha sido un día muy duro y estoy rendido.

–Sí, ya veo que lo estás. Te prepararé algo caliente y después me marcharé de aquí. ¿Te apetece café o prefieres sopa?

–Un café estará bien.

–Solo tardaré uno o dos minutos.

Pero eso era demasiado tiempo para él. Cuando regresó de la cocina, estaba roncando. Tenía las manos a los lados de la cintura con las heridas rojas contrastando con la toalla azul clara. Su pecho subía y bajaba con cada respiración. Pero fue su rostro lo que atrapó su atención. Su expresión indefensa, sus pestañas espesas y oscuras, la línea de su boca, más benévola que cuando estaba despierto. Todo aquello la conmovió de un modo que no había conocido desde hacía tiempo.

Depositando el café sobre la mesa, entró en la habitación y salió con el saco de dormir. Lo tapó con cuidado de no molestarlo. El aire frío que había llegado del mar al pasar la tormenta haría que refrescara por la mañana.

Su palidez había desaparecido reemplazada por un color sano. Con precaución recorrió con los dedos levemente la zona de alrededor de sus ojos y su mandíbula. No tenía fiebre. Su respiración le rozó la cara, íntima como una caricia.

¿Fue eso lo que la empujó a acercarse más y a besarlo? ¿O fue el deseo repentino de descubrir al hombre que nunca había conocido antes, al que solo se descubría durante el sueño?

Tenía intención de besarlo en la mejilla, pero en su lugar besó su boca y se detuvo allí. Sus labios eran firmes y fríos y no respondían a los de ella. Estaba profundamente dormido. Gracias a Dios que nunca sabría la libertad que se había tomado, porque el impulso la había dejado inundada de una mezcla de emociones que no se atrevía a explorar.

Conmovida, apagó las luces excepto una lamparilla y salió hacia donde Bounder la esperaba tumbado con el pantalón mojado de Liam colgando de la boca.

Podía infligir un castigo mejor que ninguna otra mujer que hubiera conocido. Tocándolo con sus manos suaves, acariciando su brazo y su rostro. Haciendo que deseara cosas que no podía tener. Lo único que tenía aquellos días era nada. Y él lo había podido soportar muy bien hasta que ella apareció en escena.

«Ya se me han acabado las estatuillas», había dicho con superioridad, pero él la había engañado con su actuación.

También era inocente. Una mujer con más experiencia se habría dado cuenta de que la única parte de su cuerpo que no se había conmovido por su beso estaba sobre la cintura.

Era peligrosa, sobre todo porque no tenía ni idea del impacto emocional que causaba. Había llegado el momento de que desapareciera de su línea de tiro, en cuyo caso, quizá aquel viaje frustrado a Regis Island había sido una bendición después de todo.

Cuando había comprobado su buzón de voz después de comer aquella tarde, lo último que había esperado era oír la voz de una mujer.

—Liam, soy Brianna. Al final Tom ha cedido, gracias a mi persuasión debo añadir, y me dijo dónde te habías ido. Los Thornton me han invitado a pasar un par de semanas con ellos en su barco al norte de tu isla, así que pensé en pasarme a hacerte una visita rápida al volver a casa, en dos semanas desde el sábado. Me marcho mañana, así que llámame pronto, cariño, y dime si te va bien. Estoy deseando verte. Besos.

Furioso con su amigo y socio por descubrir su paradero, había arrojado el teléfono al otro lado de la habitación. Pero aunque la tecnología hiciera milagros, los móviles no estaban hechos para soportar esa clase de abusos. El impacto al caer al suelo lo había aplastado y dejado fuera de combate para siempre. Eso lo obligó a correr hacia Clara's Cove para usar la cabina de la tienda, a pesar de la amenaza de tormenta.

En aquel momento, arriesgarse a que le atrapara la tormenta le había parecido el menor de los males.

Brianna Slater era una comehombres y la idea había sido disuadirla de aparecer por su casa, sobre todo estando él atrapado en una silla de ruedas. Solo cuando la lancha estuvo a punto de volcar, a medio camino de su destino, había cambiado de idea y decidido que sufrir su compañía era preferible a morir ahogado. Y quizá no fuera mala idea porque enfriaría el entusiasmo de Jane por su compañía. Brianna no soportaba tener competencia.

Se sentó y flexionó la pierna enferma. Le dolía, siempre le dolía. Pero no más que antes, y dio gracias por ello. Cuando la silla había empezado a retroceder por la rampa resbaladiza, había conocido un miedo peor que el que sintió en el momento del accidente que casi había acabado con su vida.

«A ver si lo entiende», le habían dicho cuando le dieron el alta en el hospital. «Es afortunado por conservar las dos piernas. No tiente su suerte. Ya ha agotado su cupo de milagros. La rehabilitación va a ser larga y ardua. No la acelere si espera volver a caminar sin un bastón».

Puso la pierna sana sobre el suelo y después colocó la otra con cuidado e intentó levantarse con precaución, como si estuviera caminando sobre huevos.

Aun así, lenguas de fuego atravesaban su pierna enferma, tan dolorosas, que no pudo contener un grito.

Apretando la mandíbula, esperó a que la agonía terminara o por lo menos remitiera. No lo hizo. Minó su umbral del dolor hasta que el sudor le cubrió el rostro y empezó a temblar de pies a cabeza.

Derrotado, se sentó sobre los cojines, sin aliento y sin paciencia. El frío le erizó el vello cuando dejó de sudar. Tan cansado, que hasta estaba dispuesto a admitirlo, se arropó con el saco de dormir y cerró los ojos.

—Mañana —se prometió—. Mañana empezaré otra vez. Me curaré o moriré en el intento.

Capítulo 5

Durante la noche, el pálpito de la pierna se convirtió en el dolor sordo que él había llegado a considerar normal. Se despertó con un día claro y templado. Se sentó y flexionó los dedos de los pies.

Las muletas estaban bajo la cama. Las había guardado junto con toda la parafernalia que acarreaba estar discapacitado, a pesar de las serias advertencias de los doctores de que no iba a necesitarlas al menos en otros tres meses.

—Yo seré quien decida eso —les había asegurado.

Apoyándose en la pierna sana y arrastrando la otra como buenamente pudo, se acercó a la habitación, se vistió, agarró las muletas por segunda vez, la primera había sido cuando la señorita buenas-intenciones–patosa se quedó atrapada en la escalera, y volvió a la cocina victorioso. Si hubiera sabido que iba a ser tan fácil, las habría utilizado antes.

Silbando puso la cafetera en el fuego y abrió la puerta principal, pensando que tendría que practicar subiendo y bajando la escalera unas cuantas veces antes de aventurarse a ir más lejos. Con un poco de suerte, tendría suficiente movilidad para caminar por el camino que llevaba hacia el norte, lejos de la casa de ella, antes de que se diera cuenta. Lo último que necesitaba era que anduviera revoloteando a su alrededor dándole consejos que no había pedido.

La suerte lo abandonó en el instante en que salió fuera. Allí estaba su silla de ruedas y dentro de ella una cesta con pastas recién hechas con una nota.

Espero que hayas pasado una buena noche. Me acercaré más tarde para ver si estás bien.

—Me parece que no, querida —murmuró mirando las pastas. Si hubieran sido integrales, las habría arrojado por la barandilla sin arrepentirse. Pero estaban rellenas de moras y de una especia y se le hacía la boca agua.

Solo podía hacer una cosa: olvidarse del café y de cualquier otra forma de empezar el día con alegría. Tenía que salir de allí corriendo antes de que ella apareciera y confiar en que captaría el mensaje.

Y eso no parecía muy probable. Jane rebosaba amabilidad y artimañas femeninas.

Incapaz de resistirse, tomó una pasta antes de meterse en la casa otra vez. Su mochila colgaba del perchero detrás de la puerta. Rápidamente metió una cazadora de nailon, una botella de agua, un paquete de nueces y un par de chocolatinas. Al pasar junto a la silla de ruedas observó las pastas otra vez, libró una batalla perdida contra su orgullo y añadió un par de ellas al paquete.

—Solo por si necesito una dosis extra de energía para volver de una pieza —explicó al mundo.

Poco después, iba caminando hasta el extremo del porche hacia las escaleras que nunca había sido capaz de utilizar antes. Eran ocho y un poco más empinadas de lo que le habían parecido desde la silla de ruedas, pero ofrecían libertad.

El camino que descendía levemente era tan amplio que casi cabía un coche. Unos doscientos metros más lejos, se desviaba hacia la derecha alejándose del mar y desaparecía en una alameda.

—Primer gol. Cuando haya desaparecido bajo esos árboles, seré hombre libre. Nunca me encontrará —murmuró.

Cuando eran cerca de las diez y seguía sin haber señal de vida en la casa de Liam, dejó de fingir que no le preocupaba. No era propio de él. Había sido su vecina el tiempo suficiente para saber que era madrugador. Tanto si era bien recibida como si no, tenía que averiguar qué pasaba.

Cuando tomó la decisión, la prisa aceleró su paso.

—¿Por qué he esperado tanto? —preguntó a Bounder mientras la leve preocupación que había tratado de ignorar explotaba mientras se resbalaba al caminar sobre la hierba húmeda—. ¿Y si estaba peor de lo que yo creía? ¿Y si está muerto?

Si el latido de su corazón no hubiera sido tan intenso, probablemente habría escuchado que Liam se acercaba y que estaba vivo. Cuando llegó a la casa, solo vio la silla de ruedas en el porche, evidencia de que sus temores tenían fundamento.

Pero no había nadie en la casa. El saco de dormir colgaba de un extremo del sofá y los pantalones mojados seguían en el suelo. O había conseguido arrastrarse hasta la habitación o lo habían raptado.

Entonces lo supo: de algún lugar fuera de la casa llegó una sarta de maldiciones. Corriendo por fuera de la casa siguió la voz por el porche hasta el extremo más alejado de la casa.

Cuando llegó, Bounder ya estaba en la escena, lo que no sirvió de gran ayuda. Una muleta había quedado atrapada entre dos peldaños. La otra había resbalado y se había clavado entre las madreselvas y las ortigas. Entre medias de las dos e incapaz de alcanzar ninguna de ellas, Liam yacía sobre el polvo al pie de la escalera, con los pies hacia la casa y la cabeza apoyada sobre la mochila hacia la colina.

Frenando en seco, se puso una mano en el pecho y examinó la escena. No había necesidad de preguntar qué había sucedido, estaba claro. Como ella, él había comprobado que el rocío combinado con los restos de la lluvia del día anterior hacían que el suelo estuviera resbaladizo. Al contrario que ella, se había caído.

Su primer impulso fue correr hacia él, acunarlo en su pecho, retirarle el cabello de la cara y susurrarle palabras de consuelo y de calma.

Por una vez, siguió su segundo impulso.

—Estás loco de remate —afirmó cruzándose de brazos y mirándolo desde lo alto de las escaleras—. ¿Siempre has sido así o has empezado hace poco?

—¡Lárgate, Janie! Nadie te ha dado vela en este entierro —replicó sonrojado.

–¿Quieres que me vaya?

–¡Gracias al cielo! ¡Ha captado el mensaje! –exclamó mirando hacia el cielo.

–No te pongas sarcástico, Liam. Capto las indirectas, sobre todo cuando me las lanzan con tanta sutileza.

Lentamente, descendió las escaleras, recogió la primera muleta y tiró de un extremo de la segunda para arrancarla de la arena. Con las dos bajo el brazo se dio la vuelta para irse por donde había llegado.

–Que tengas un buen día –se despidió.

–¡Oye! ¿Qué diablos crees que estás haciendo con mis muletas?

–Por favor, Liam. Creí que un hombre de tu inteligencia podría adivinarlo. Me las llevo. Es lo único que se me ocurre para acabar con estas tonterías de machito. Puedes quedarte con la mochila. Por lo que parece lo que llevaba dentro no habrá sobrevivido a la caída y no te será de mucha ayuda para que intentes romperte el cuello otra vez.

–¡Escúchame, víbora!

–Sigue así y me llevaré la silla de ruedas también –aseguró con dulzura.

–¡Será sobre mi cadáver!

–Eso es fácil, Liam. Por el camino que llevas lo conseguirás tú solo antes de que termine la semana.

–¡Ni se te ocurra marcharte!

Se detuvo en la cima de las escaleras y lo miró por encima del hombro.

–Aclárate, querido. ¿Quieres que me quede o no?

–Parece que lo que yo quiero no cuenta mucho. Entre tú y esta maldita pierna no me quedan muchas opciones.

–Eso es la primera cosa sensata que dices hoy. ¿Debería suponer que aún dirás más?

–¡Deja los comentarios jocosos, Janie! No hacen falta.

–¿Qué te hace falta, Liam? –preguntó. Agarrándose al último escalón consiguió incorporarse para mirar hacia el mar. Su gesto era pétreo, orgulloso–. Estoy esperando –insistió ella negándose a ablandarse.

Pasaron unos segundos, quizá un minuto, hasta que se cruzaron sus miradas.

–¡Por Dios! Ya estoy revolcándome en el polvo a tus pies. ¿Tengo que arrastrarme aún más?

La vergüenza y la pena la inundaron al ver sus ojos llenos de dolor. El dolor físico no era lo que lo estaba hundiendo, sino la afrenta a su dignidad y a su autosuficiencia.

¿Qué le había pasado a su humanidad, que se había dejado atrapar por el placer mezquino de demostrarle lo indefenso que estaba para afrontar la menor adversidad? ¿Se le había secado la fuente de la bondad completamente tras la muerte de Derek?

—Perdóname —pidió arrepentida—. Me temo que estoy dejando que el orgullo se anteponga al sentido común. ¿Quieres que... te ayude a subir las escaleras?

Él soltó una carcajada irónica.

—No, pero si te sobra una pierna podría servirme. Puedo arreglármelas con las escaleras mientras pueda subir y bajar arrastrándome. Lo estaba haciendo muy bien hasta que... me resbalé con el rocío.

—Lleva tiempo acostumbrarse a las muletas —afirmó deseando consolarlo—. Puede que te caigas unas cuantas veces hasta que aprendas a usarlas. ¿Pero yo qué se? Si no hay nada más que pueda hacer por ti, será mejor que me marche —continuó al ver su mirada iracunda.

—¡No tan rápido, Janie!

—No te preocupes. Te dejaré las muletas.

—Ya lo sé —dijo con humor—. Y también dejarás la silla de ruedas. Puede que se te dé bien actuar como un sargento, pero no tienes narices para salir airosa de la situación.

—No quería darte órdenes. Lo que hagas es asunto tuyo al fin y al cabo. Pero saber que estabas aquí solo... Me preocupa. Has estado a punto de tener un accidente grave dos veces en las últimas veinticuatro horas, y este es un lugar muy remoto. La casa de Steve es bastante cómoda, pero no es adecuada para...

Para entonces él ya había llegado al porche. Usando la barandilla como apoyo, colocó las muletas y empezó a volver por donde había llegado. Ella tenía que ir deprisa para ir a su paso. Era lo único que podía hacer para evitar decirle que fuera más despacio, que aquello no era una carrera y que cubrir la distancia en un tiempo récord no iba a probar nada.

—Ahí es donde te equivocas —replicó doblando la esquina hacia el lado sureste de la casa—. Es perfecto. Quizá no sea el lujo al que estoy acostumbrado, pero si quisiera las comodidades de mi casa me habría quedado en la ciudad donde todos mis amigos bienintencionados podrían acercarse a destilar su pena sobre mí.

Se percató de lo satisfecho que estaba por haber alcanzado la hamaca y cómo se tumbó en ella.

—¿No tienes a nadie cercano que pueda quedarse contigo? ¿Un familiar quizá?

—No —replicó con tanta seguridad que ella no osaría preguntar más—. Si necesito llenar el frigorífico, puedo tomar el bote para ir a Clara's Cove. Hay una escalera al final del muelle, así puedo meter mi dolorido trasero dentro del agua y hacer ejercicio con la pierna sin forzar las articulaciones. Y el resto del tiempo... Puedo vegetar, tomar el sol y disfrutar de la soledad.

Ella apretó los labios.

—Mensaje recibido. No te molestaré más.

Se estaba volviendo blando. Después de conseguir lo que quería, se sorprendió deseando que regresara.

No lo hizo. Pero su perro sí, cada día de la siguiente semana. La criatura había desarrollado una simpatía por él, que para su horror, él correspondía. Cada mañana, el animal aparecía con la lengua colgando, agitando la cola y con los ojos húmedos de admiración. Y a él le agradaba la compañía. Debía de estar perdiendo la cabeza.

Establecieron una rutina. Cada día desarrollaba un sistema de ejercicios rigurosos de estiramiento, y mientras tanto el perro daba vueltas a su alrededor.

Cuando él se tumbaba exhausto en la hamaca, Bounder le llevaba algo que estuviera cerca, un zapato, un palo, una toalla, después se sentaba a su lado y no se movía hasta las doce, en que se marchaba para inspeccionar la casa de Jane.

Cuando Liam se sorprendió considerando raptar a la criatura, para hacer que ella fuera a buscarlo, reconoció la derrota. Se había acostumbrado a sus comentarios descarados, a su sonrisa, a su preocupación y también, debía admitirlo, a su cocina. El pan duro y el queso empezaban a escasear después de tres días y no le había apetecido pescar últimamente. Tomar el bote hacia Powell River en Vancouver Island para que le arreglaran el teléfono, lo había dejado sin fuerzas. La rehabilitación lo cansaba mucho.

—Acéptalo, la echas de menos, simple y llanamente —se dijo mientras se afeitaba.

Pero se resistió a hacer algo al respecto durante otra semana. Si iba a aparecer por su casa, no sería con las muletas. Movido por esa motivación duplicó sus ejercicios.

Finalmente, un viernes, con solo un bastón como apoyo, recorrió el camino tomando el camino más largo porque no le apetecía resbalarse en las rocas que rodeaban la playa.

Estaba en el jardín trasero, colgando la colada: sábanas, toallas, ropa interior transparente, un biquini tan minúsculo que más bien parecía una tirita y un camisón.

Aproximándose a la casa la contempló bastante tiempo antes de que ella se diera cuenta. Un par de sábanas agitándose con la brisa ocultaban completamente su llegada.

Más cautivado de lo que quería admitir, se apoyó contra el tronco del abeto al fondo de la propiedad y la observó. Estaba canturreando mientras trabajaba, aparentemente satisfecha de la vida sencilla que había elegido. Cada cierto tiempo tomaba otra pinza o agitaba una prenda para tenderla.

Cada vez que lo hacía podía ver fugazmente sus pechos, suaves y dulces como melocotones, asomando por el pronunciado escote de la camiseta. Y como un viejo libidinoso, observaba y esperaba a que repitiera la operación.

Después, el perro, que se había detenido para oler algo, llegó a su lado y lo estropeó todo. Antes de ser descubierto, Liam salió de las sombras.

—Perdone, señora ¿también limpia ventanas?

Dejó escapar un chillido y tembló entre las sábanas, con los ojos abiertos y sorprendidos. Después, al reconocerlo, se apartó del tendedero con una mano en la garganta.

—¡Liam, me has asustado!

Todos los comentarios amables que había

ensayado se evaporaron al mirarla. Había ganado peso desde la última vez que la había visto. Sus caderas se habían redondeado ligeramente, sus clavículas sobresalían menos y sus pómulos no parecían tan prominentes.

Había pasado mucho tiempo fuera de la casa. El sol había bronceado su piel. Su cabello oscuro había adquirido un brillo rojizo. Sus piernas...

–Sí, bueno... –empezó a decir. Carraspeó y desvió la mirada. Mejor no fijarse demasiado en sus piernas porque llevaban a un territorio peligroso–. Lo siento.

Echando un puñado de pinzas en la cesta que estaba en el suelo, observó y esperó mientras él se acercaba.

–¿Cómo estás?

–¿Qué crees? –respondió levantando el bastón.

La alegría iluminó su rostro.

–¡Dios mío! ¡Las muletas! Te mantienes de pie sin ellas...¡Liam, es maravilloso!

Si impresionarla había sido la fuerza que le había llevado a conseguir objetivos imposibles, había merecido la pena cada minuto doloroso para bañarse en el calor de su alegría.

–Gracias –respondió.

–Bueno –dijo levantando los hombros, un

movimiento peligroso que hacía mover sus pechos–. Esto pide una celebración. Tengo té helado en el frigorífico, ¿quieres un poco?

–Estará bien para empezar –contestó siguiéndola por un emparrado y entrando en la cocina por el lado este de la casa.

Era bastante sencilla, un fregadero, un frigorífico, un armario blanco lleno de vajilla azul y una mesa de pino como la de la casa de su niñez. Pero ella le había dado un toque encantador al colocar unas cortinas blancas, un macetero en la ventana con capuchinas naranjas y rojas y un jarrón con rosas salvajes sobre la mesa.

Una puerta abierta permitía ver una parte del salón, con una escalera de caracol hacia el primer piso.

–Es bonito –comentó apoyándose en el bastón y mirando alrededor–. Siempre había creído que todas las casas de por aquí eran iguales que la mía, pero esta es más espaciosa.

–Y no te habías dado cuenta hasta ahora –señaló dejando de servir el té.

–No. No estaba preparado para hacer visitas antes.

–¿Y ahora lo estás?

–Hasta cierto punto. Me apetecía estirar las piernas y pensé en acercarme para ver cómo estabas.

–¿Debería sentirme halagada?

Se encogió de hombros mientras la vieja señal de alarma resonaba en su mente. «Anima un poco a una mujer y se lo tomará como un compromiso de por vida...».

–No especialmente. Hace tiempo que no hablamos, eso es todo y yo...

–Está bien, Liam, no tienes que dar explicaciones. Ambos sabemos lo mucho que valoras tu intimidad.

–Parece que eso es algo que tenemos en común. Tú tampoco has llamado a mi puerta últimamente.

Ella se rio y él miró su boca. Él la había llamado muchas cosas poco amables: «nerviosa, mandona, entrometida». Pero lo que le vino a la mente en aquel momento fue «sexy».

–Sé cuando no se desea mi compañía –señaló–. Y por si no lo había descubierto, lo cierto es que tú lo dejaste bien claro.

No era así como había imaginado su encuentro, con él de pie babeando y ella tan... al mando.

–Como ambos aceptamos las reglas básicas, ¿qué hay de malo en pasar un poco de tiempo juntos?

–Quizá será mejor que definas exactamente lo que quieres decir con «pasar un poco de tiempo juntos», para evitar malos entendidos.

—Una copa de vino de vez en cuando, un café por la mañana de tanto en tanto, cosas así.

—Suena apasionante —replicó mordiéndose el labio para evitar reírse otra vez.

—¿Qué estabas esperando, Janie? ¿Una proposición de matrimonio?

—No. Ya te lo dije, el matrimonio es lo último que busco con un hombre como tú.

—¿Y por qué no? ¿Un espécimen imperfecto no es lo bastante bueno para ti?

—Son tus otras características las que encuentro molestas.

—¿Como por ejemplo?

—Para empezar, no me gusta que me llamen Janie —afirmó.

—Si esas son todas tus quejas...

—Y no me gusta tu actitud agresiva.

—¿Yo, agresivo?

Ella miró al techo con un gesto de desesperación.

—De acuerdo, lo soy. Pero hablando de cosas molestas, vine aquí para conseguir una tregua y estoy a punto de empezar otra guerra. Mejor hubiera sido mantenerme lejos.

—Me alegro de que vinieras —aseguró suavemente—. Te he echado de menos.

–¿Aunque haya sido un ogro todo el tiempo?

–Tenías un motivo. Y ahora que has progresado tanto, ¿te marcharás de la isla?

–Pronto. Me marcho a finales de agosto. Pero debo admitir que no tengo prisa por volver a la ciudad.

–Yo tampoco.

–¿Entonces? ¿Qué hacemos ahora, Jane Ogilvie?

–Si no fuera porque me temo que te tomarías la invitación por otro lado, te pediría que te quedaras a comer.

–Estaba esperando que lo hicieras. Estoy harto de cocinar para mí solo.

–No es mucho, solo fruta y queso y galletas caseras.

–A mí me parece un banquete.

–¿Por qué no te sientas en el porche mientras lo preparo?

–Claro –dijo y se preguntó cómo no se había dado cuenta de que se le hacían hoyuelos al sonreír.

Desapareció hacia la cocina como una exhalación.

«Tranquilízate. Te han dado la oportunidad de empezar de cero con él. No lo estropees repitiendo los errores del pasado. No lo molestes ni lo abrumes con atenciones. Sé agradable y sobre todo, mantén la distancia».

Un consejo fácil, pero difícil de seguir cuando su instinto clamaba para que convirtiera una simple comida en una ocasión inolvidable. ¡Si hubiera sabido que iba a aparecer, si hubiera pensado en llenar los armarios con más comida! Caviar con tostadas y un buen vino blanco hubieran añadido un toque elegante; una porción de queso azul y pan italiano y albaricoques, café expreso y mazapanes...

Pero aquello era Bell Island no Vancouver. No había grandes supermercados, solo una tienda en Clara's Cove y Don Eagle, el hijo del dueño, que iba a su casa cada semana para llevarle los productos básicos que necesitaba. Cosas como champú, harina y azúcar.

Hizo lo que pudo con lo que tenía a mano: ciruelas y un par de peras de sus frutales, queso, berros del margen del riachuelo de su propiedad y las galletas que había preparado. Lo colocó todo en la camarera de madera que su abuelo había hecho años atrás y lo sacó fuera.

Liam estaba sentado en el balancín del porche frotando distraído las orejas de

Bounder, pero se comportó como un caballero cuando ella apareció.

—Deja que te eche una mano —dijo, agarrando el bastón para levantarse.

—No se necesario, de verdad.

—No arruines mi único momento de galantería, Jane. Hace mucho tiempo que no estoy en situación de ofrecer ayuda a alguien.

—¡Dios me libre de hacer algo así! Toma un plato y a comer —respondió. La risita que soltó sonó como la de una quinceañera.

—Considerando que no esperabas compañía, has preparado un banquete —señaló probando una de las galletas—. No había probado nada tan bueno desde que era un niño.

—¿A tu ex mujer no le gustaba cocinar?

—Mi mujer no distinguiría un frigorífico de un horno. La única vez que la vi usar el horno fue para calentar algo que había comprado preparado en la tienda de al lado. Por el contrario, mi abuela vivía para cocinar. Ella decía que, si un niño tenía siempre hambre, era porque estaba enfermando. Si aún viviera, me estaría preparando comida de la mañana a la noche creyendo que engordar haría milagros en mi pierna.

—Mi abuela fue la que me enseñó a disfrutar de la cocina. Preparé mi primer pan aquí cuando tenía siete años. Sospecho que estaba más duro que una piedra, pero recuerdo a mi abuelo comiéndoselo y alabando cada bocado.

Así la tarde pasó sin sentir intercambiando pedazos de su historia personal. Él había crecido en Metchosin, al sur de Vancouver Island, y había pasado su niñez vagando por la costa y el campo. Había sido un niño solitario, lo habían llevado al director del colegio por saltarse las clases cuando tenía diez años.

–No veía la razón de pasar el día metido en una clase repleta, cuando el sol brillaba fuera y había rastros que seguir y peces que pescar –contó. Pero le encantaba leer y tocar el piano–. En casa de mi abuela, no había tele. No le gustaba, estaba convencida que a través de ella los alienígenas espiaban a la gente. Así que tuve que encontrar otro modo de entretenerme en las largas tardes de invierno, al menos hasta que fui a secundaria y el deporte ocupó todo mi tiempo libre.

Ella le escuchaba embelesada por la expresión de su rostro, por los fragmentos de información que componían su pasado.

–Nunca pensé en casarme. No encajaba en mis planes. Debería haber escuchado a mi intuición en lugar de a mis hormonas.

—Seguramente —intervino desconcertada por la decepción que le había causado su comentario. ¿Qué le importaba a ella su opinión sobre el matrimonio? No quería arrastrarlo al altar. Pero la convicción que había sostenido esa idea había desaparecido.

Un ligero dolor ocupaba su lugar, algo parecido al deseo, no por alguien con quien simplemente compartir su vida sino por aquel hombre en particular, incluidos sus defectos.

«Es porque él está aquí y no tengo otra compañía. Si nos hubiéramos encontrado en la ciudad, no destacaría entre la multitud».

Pero sí lo haría. No hacía falta que le describiera su pasado amoroso. Su matrimonio había fallado, pero no le faltaba compañía femenina. ¿Qué mujer permanecería inmune a aquella mirada azul verdosa y a aquella sonrisa encantadora?

—Esto es maravilloso —señaló rodeándose la cara con las manos y mirando hacia la tarde brillante—. Un tiempo perfecto, una vista preciosa, buena comida y buena compañía. Por primera vez, estoy satisfecho de lo que tengo.

«¡Yo no!». El pensamiento cruzó su mente con una claridad asombrosa. «¡Quiero más, quiero vivir otra vez, sentir otra vez!».

De repente, él giró la cabeza y la atrapó con una mirada que lo decía todo.

—Solo estoy hablando yo. ¿Y tú, Jane? ¿Es este lugar tan mágico como esperabas?

Capítulo 6

Se acarició los dedos de una mano con el pulgar de la otra.

—Creo que sí. Estoy preparada para seguir adelante con mi vida.

—¿Y tus hijos? ¿He de suponer que no tienes?

—No —respondió—. Hablamos sobre esa posibilidad, pero, a causa de la enfermedad de Derek, decidimos no tenerlos. Más tarde, cuando su salud empeoró, me alegré de que no hubiera nadie más que necesitara mi atención y pude hacer de él el centro de mi vida.

—¿Y ahora? ¿Te arrepientes de aquella decisión?

Intentó pensar en el pasado, en Derek, para recordar cada rasgo de su rostro, el amor en su mirada, las últimas palabras que susurró, cualquier cosa que eclipsara los pensamientos que de repente llenaban su mente.

Pero Derek era parte del pasado, un fantasma que se desvanecía. Le dolía admitirlo, pero no tenía sentido negar la verdad, él ya no tenía que ver con el presente y no jugaba ningún papel en el futuro.

Liam, sin embargo, era vital, dinámico y estaba allí. La alegraba, la hacía desear aferrarse a la vida con fuerza para alcanzar un futuro que nunca había imaginado.

Suspirando luchó por sosegarse. No podía confesarle que albergaba esos pensamientos, ni decirle lo mucho que ansiaba tener un hijo. Él lo malinterpretaría, tanto como si le decía que el haber aparecido de aquel modo ese día la había animado enormemente.

–Los hijos nunca fueron una opción. Lo sabía y lo acepté.

Al menos no era del todo mentira. Pero aquello no impidió que siguiera deseándolo. Y en ese momento, a causa de aquel hombre carismático y vital, el deseo surgió otra vez. Los veía con tanta claridad que casi podía dibujarlos: una niña con los ojos aguamarina de Liam y un niño alto y fuerte como su padre...

–¿Y tú? –devolvió la pregunta, ansiosa por desviar su mirada curiosa–. ¿Tienes hijos?

–No –contestó–. Tampoco era una opción para nosotros, aunque por otras razones. Por mi trabajo tenía que permanecer lejos de casa mucho tiempo y a ella no le interesaba tener una familia. Razón suficiente para asegurarse de no formar una, por lo que a mí respecta. Los niños se merecen que ambos padres quieran tenerlos, y yo debería saberlo.

Aunque sus palabras no hubieran subrayado que la conversación había tocado un punto flaco, la repentina vehemencia en su voz lo hizo.

—Lo siento. No quería sacar a relucir temas desagradables...

—No podías saberlo. No suelo hablar de ello, pero como ha surgido el tema ya lo sabes. Yo fui el hijo no deseado de un tipo del que mi madre ni siquiera sabía el nombre. Ella me abandonó en cuanto nací y me dejó con mi abuela.

—¡Oh, Liam!

—Deja de sentir pena por mí —intervino bruscamente—. Tuve más suerte que muchos otros niños que no tienen a nadie que los acoja. Mi abuela murió cuando tenía diecinueve años, pero entonces ya había terminado mi primer año de ingeniería con tan buenas notas que conseguí una beca que me permitía acabar la carrera. Puede que mi madre no hubiera pensado que yo merecía la pena, pero mi abuela sí. Murió orgullosa y satisfecha.

—¿Y tu madre... fue alguna vez a...?

–Nunca. No tengo interés en saber nada más de lo que ya sé, que es una fulana sin corazón a quien no le importó dejar a un bebé de dos días a la puerta de la casa de otra persona. Quizá ese es el tipo de mujer que merezco. Al menos, ese es el modelo que siguió mi matrimonio.

Jane no tenía noción de haberse levantado de la silla ni conocimiento de cómo se había colocado a su lado en el balancín acariciándole el rostro.

–Te equivocas, Liam. Te mereces más que eso. Eres un buen hombre, un hombre maravilloso. Tu madre, al abandonarte, se perdió lo mejor que le había pasado. Y en cuanto a tu esposa, debía de estar loca para dejarte por otro.

Él cubrió su mano con la suya.

–Ten cuidado, Janie –advirtió–. O lo siguiente será decirme que te gusto.

«¡Podría amarte!».

Antes de verbalizar el pensamiento, se apartó de él.

–No nos dejemos llevar solo porque hemos conseguido pasar un par de horas sin que esto se convierta en una batalla campal.

–Tienes razón –accedió él agarrando el bastón y levantándose del balancín–. Será mejor que no tentemos a la suerte. Gracias por la comida.

Ella también se levantó metiéndose la camiseta en el pantalón.

—Te acompañaré hasta el camino.

—Quédate aquí y disfruta de lo que queda de la tarde. Pude llegar aquí por mis propios medios y me marcharé del mismo modo.

—No es ninguna molestia. Tengo que recoger la colada de todas formas.

—Como quieras.

«Si hiciera lo que quiero, encontraría el modo de hacer que quisieras quedarte...».

Desvió la mirada antes de que pudiera adivinar ese deseo y caminó delante de él por la casa hasta el jardín trasero. Al pasar por el tendedero, tocó la tela de su vestido. Era tan suave como el agua de lluvia con que lo había lavado y olía al aire fresco y dulce del verano.

—Nunca te he visto con falda —comentó él mientras la observaba.

—Aquí no hay muchas ocasiones para ponérmela, pero me gusta arreglarme un poco de vez en cuando —respondió consciente de su mirada. Descolgó el vestido y empezó a quitar las pinzas de las toallas—. Una tontería, supongo, considerando que solo me arreglo para mí.

—No sé. Está empezando a apetecerme al-

go más que lo bucólico –dijo pensativamen-
te mientras rozaba la hierba seca con el extremo del bastón–. ¿Has estado alguna vez al
otro lado de la isla?

–¿Te refieres al Club de Golf y al Hotel
Bell Island? Sí, alguna vez.

–¿Es buena la comida?

–Es excelente.

–¿Te gustaría ir a cenar mañana?

¿Una noche elegante con Liam McGuire?
Se le aceleró el pulso ante la idea.

–No podemos –respondió–. Es un club
privado. Tienes que ser miembro o un invitado.

–No he preguntado si nos dejarían entrar,
Janie. He preguntado si te gustaría cenar allí
conmigo.

«¡Más que nada en el mundo!».

–Si... puedes solucionarlo, entonces sí,
me encantaría.

–Entonces deja de poner objeciones y nos
vemos en el barco mañana a las siete.

Había recibido invitaciones más corteses
y entusiastas, pero ninguna había suscitado
semejante reacción. Todo su ser bullía ante
la expectativa. Liam McGuire la había pedido salir, y no era porque hubiera atrapado
más cangrejos de los que podía comer sino

porque había disfrutado tanto de su compañía aquella tarde que estaba dispuesto a repetir la experiencia. ¡Y en público!

¡Y no tenía nada que ponerse!

El vestido la sentaba bien, pero era un poco soso. Como su vida últimamente, le faltaba emoción y se había cansado de él. Una especie de expectación la inundó, una esperanza que no había experimentado en años. Quería estar bonita otra vez, deseable, como cuando Derek y ella se enamoraron. Hacía mucho tiempo que no tenía un motivo para ponerse elegante para un hombre.

Al menos se le había ocurrido meter en la maleta unas sandalias de tacón, tenía las piernas bronceadas, y había guardado cosas para la manicura junto con los otros cosméticos. Ojalá hubiera tenido la precaución de incluir unas joyas o un chal para protegerse del frío. Las cazadoras de su abuelo no encajaban con la imagen que quería ofrecer.

Aunque no le faltaban del todo recursos. En la cabaña, había un baúl viejo lleno de tesoros que databan de la época de su bisabuela: faldas largas y vaporosas y blusas con encajes, antiguas botas de botones y exóticas sombrillas japonesas, joyas salpicadas de cristal y azabache y madreperlas, telas de chifón y terciopelo que habían transformado a Jane en princesa, gitana y reina de las hadas en las tardes lluviosas de verano cuando era una niña.

Todo seguía allí oliendo a lavanda y a humedad.

Parecía que se hubiera puesto un uniforme de presidiario dado el impacto que le causó a Liam.

–Estás diferente –comentó después de que hubiera pedido una botella de Shiraz–. Llevas algo en los ojos.

¿Algo? ¿Todas las horas que había pasado arreglándose: aireando el chal de seda vaporoso, sujetándose el cabello con un prendedor de plata y colocándose unos pendientes de lapislázuli que pesaban como huevos de paloma, solo se resumían con «llevas algo en los ojos»?

–Se llama rímel y sombra de ojos –le informó con frialdad.

–¿He dicho algo malo?

–En absoluto.

–¿Entonces a que viene esa mirada?

–Te estás imaginando cosas, Liam –contestó fingiendo indiferencia–. Estoy encantada de estar aquí pasando un buen rato. Y que conste, tú también estás diferente. Posiblemente limpio, para variar.

Con pantalones negros y camisa blanca

estaba más atractivo de lo que permitía la ley. Todas las mujeres lo miraban como si fuera el plato estrella del menú y a ella misma le costaba no babear.

—¡Gracias... supongo!

—Supongo que tu aspecto es lo que les ha persuadido para dejarnos pasar.

—Me habrían dejado entrar aunque fuera desnudo, Janie. Tengo contactos en las altas esferas. Solo se necesitaba hacer una llamada, un pequeño detalle del que me ocupé esta mañana. No dudé ni por un momento que nos dejarían entrar ni que nos colocarían en uno de los mejores sitios —aseguró señalando la mesa entre la pista de baile y una ventana que daba al mar.

—Qué bien que estés tan seguro de que eres bienvenido —dijo imaginándolo vestido solo con su sonrisa—. Y qué maravilla que consiguieras que tu móvil funcionara otra vez. Uno se pregunta cómo nos las arreglaríamos sin esos adelantos.

—¡Y tanto! —exclamó sonriendo y divirtiéndose a su costa. Al ver que su intento por agradarla no había dado resultado, se recostó en su asiento—. ¿Estamos de mal humor, por casualidad?

—No seas vulgar, Liam.

—Mis disculpas. Permíteme que reformule la pregunta para no herir tu sensibilidad. ¿Hay algo que te está irritando? ¿Es la compañía? ¿Te estás arrepintiendo de que te vean en público conmigo?

—Esa idea se me ha pasado por la cabeza.

—¿Por qué? Te pareció una buena idea cuando lo mencioné.

—Podría seguir siéndolo —replicó furiosa con él por ser tan obtuso y con ella porque estaba a punto de gritar de frustración y decepción. La velada se estaba yendo al garete antes de empezar—. Todo iría muy bien si no fueras tan...

—¿Qué? ¿Si no fuera tan poco de tu estilo?

—¡No! —exclamó—. Si no fueras tan egocéntrico. Me he tomado muchas molestias para parecer especial para ti esta noche y ni siquiera lo has notado. ¿Acaso tienes la cortesía o la habilidad para decir un cumplido? ¡No! ¡Todo lo que se te ocurre decir es que tengo algo en los ojos!

—¿Te sentirías mejor si me levantara y empezara a golpearme el pecho con orgullo porque seas mi cita esta noche?

—No soy tu cita. Reconócelo, Liam, solo soy una persona que vive cerca de tu casa y te daría igual que fuera paticorta o bizca.

—No es así. Disfruto de tu compañía en pequeñas dosis, mientras no exageres tus expectativas de lo que implica pasar algún tiempo juntos.

–No te preocupes porque me esté anticipando. No interpreto esta noche como el preludio de una propuesta de matrimonio, si es eso lo que te preocupa.

–Eso está bien. Sobre todo porque solo pretendía compartir una botella de vino, una buena comida y un poco de conversación adulta, aunque debo añadir que de esto último hay poco –señaló. Después de eso, ella debió parecer tan triste como se sentía porque él le tomó las manos entre las suyas–. Janie, ya sabes que es fácil imaginar cosas que no están ahí cuando las opciones son limitadas. La casualidad, y no la elección, nos ha juntado. Cada uno es lo único que tiene el otro en este momento y como resultado nos hemos vuelto dependientes. Pero sería un error creer que hay algo más que eso.

–¿Dependientes? Habla por ti –replicó con desprecio–. Yo no te necesito.

–Sí me necesitas –la contradijo con más amabilidad de la que había mostrado antes–. Estás perdida en tu soledad, lo admitas o no. Eres una mujer que necesita a los demás para sentirse completa. Una mujer de las que dan. Y yo, maldita sea, estoy en una posición en la que tengo que tomar más de lo que me gustaría, y por eso hemos establecido una especie de... relación.

—¿Y es eso tan malo, Liam? —preguntó.

—Podría serlo. ¿Crees que no sé que estoy con la mujer más bonita de esta sala, o que no te encuentro deseable? Diablos, Janie, sería muy fácil flirtear contigo, embarcarme en una aventura.

—Pero no va a ocurrir.

—Si nuestras vidas estuvieran discurriendo con normalidad, no tendríamos nada en común, excepto quizá, un desagrado mutuo. Nuestros caminos nunca habrían coincidido. No nos movemos en los mismos círculos. No compartimos los mismos objetivos ni intereses. Este verano es una excepción, un descanso para ambos, y es importante que reconozcamos que no durará siempre. En una o dos semanas, menos quizá, iremos por caminos separados y probablemente no volveremos a vernos. Así que no, no va a ocurrir.

—Gracias por decirlo por mí, pero no tenías que hacerlo. Ya había llegado a la misma conclusión.

—Entonces estamos de acuerdo.

—Por completo.

Señalando el Chateaubriand que el camarero había servido ante él, Liam levantó su copa.

—En ese caso, brindemos por la comida y empecemos a comer antes de que se enfríe. ¡*Bon appétit*!

Decir que el resto de la cena fue tensa sería una obviedad.

—¡Qué grupo tan bueno! —señaló él cuando la falta de conversación era demasiado evidente—. No esperaba que tuvieran música en vivo.

—Nunca tienen, excepto en verano y solo los fines de semana.

—Es verdad, habías dicho que ya habías estado aquí. ¿Estuviste aquí con tu esposo?

—Un par de veces, de recién casados.

—Si lo hubiera sabido, habría sugerido ir a otro sitio. Lo último que querría sería remover recuerdos dolorosos.

«Los únicos recuerdos dolorosos son los que estamos construyendo esta noche».

—Fue hace mucho tiempo. Y no hay otro sitio en la isla.

—¡Has metido la pata otra vez, McGuire! ¿Hablamos del tiempo?

—Prefiero que no.

Aquella respuesta borró cualquier simulación de estar pasándoselo bien. Derrotado, se concentró en la comida. Su apetito no era peor que la companía.

También ella podía decir lo mismo. La ternera, probablemente deliciosa y tierna, podía haber sido de cartón. El que todos los demás en la sala se lo estuvieran pasando bien solo subrayaba el pozo de extrañamiento en el que los dos estaban luchando por mantenerse a flote.

Consciente de que la miraba cada poco, luchó por mantener su expresión tranquila. Pero por dentro se moría de pena. Hasta que él no había explicado claramente cómo veía la relación entre ellos, no se había dado cuenta del papel tan importante que Liam jugaba en su vida. Le resultaba demasiado doloroso pensar que tenía razón y que su relación terminaría aquel verano.

—¿Quieres postre? —preguntó cuando retiraron los platos.

—No, gracias.

—¿Café?

—Tampoco.

—Entonces vayámonos de aquí —sugirió él con alivio.

En primer lugar, ir allí había sido un error. Solo había dos personas en la sala que no fueran pareja.

—Vamos —repitió ella con pena.

Por un segundo, cuando se levantó para

agarrar su bastón, pensó que estaba libre de sus estúpidos sueños. Solo era presa de un enamoramiento adolescente tardío, nada más, que estaba basado en la proximidad y, como él había señalado, en la falta de otras opciones.

Pero la música era animada, el ritmo contagioso y la minúscula pista de baile estaba llena de gente demasiado ocupada divirtiéndose como para advertir el pequeño drama que ocurría en la periferia de la multitud. Mientras iba a recoger el chal del respaldo del asiento alguien le dio un empujón que la pilló desprevenida, y la leve pérdida de equilibrio fue suficiente para hacer que se tambaleara.

Con un grito ahogado de sorpresa, chocó contra Liam. Automáticamente, la agarró de los hombros para sujetarla, o quizás incluso para mantenerla a distancia porque había dejado claro que no la quería alrededor.

Sin embargo, fue demasiado tarde. Una décima de segundo de contacto y el daño estaba hecho. Sentir la sólida pared de su pecho bajo las manos, el roce de su cuerpo contra la piel desnuda, envió descargas de la cabeza a los pies.

La reacción pareció ser mutua. Un temblor recorrió su cuerpo y sintió que su respiración se aceleraba contra las sienes. Al atreverse a mirar hacia arriba lo sorprendió mirando hacia abajo como si la hubiera visto por primera vez.

Por un momento de sobresalto, permanecieron así, la mirada de Liam ardiendo contra la suya, con su rostro como una máscara de confusión mientras luchaba contra los demonios que lo perseguían. Después, con una lentitud agónica, deslizó las manos por sus brazos hasta que encontró sus dedos.

—Sería una lástima echar a perder la noche. Bailemos —sugirió entrelazando sus dedos.

—No podemos —replicó ella, demasiado fuera de juego para preocuparse por la diplomacia o el tacto—. Solo puedes caminar con bastón. ¿Qué ocurre si te caes y te haces daño en la pierna?

—No me caeré mientras pueda apoyarme en ti. A no ser, claro, que te avergüence que te vean arrastrando los pies cuando todos están bailando un chachachá.

—Ya no están bailando el chachachá.

—Tienes razón —accedió, agarrándola suavemente de la cintura—. Han cambiado a algo que incluso yo puedo bailar.

La pregunta era si ella podía. ¿Podía mantener su ánimo intacto, su corazón donde estaba, mientras el clarinetista tocaba un blues que la hacía acoplarse aún más a Liam? ¿Podía controlar la respuesta de su cuerpo? ¿O debería desistir de luchar en una batalla que no esperaba ganar y rendirse simplemente a la necesidad poderosa de pegarse a él y dejar que el mañana y sus repercusiones se fueran al diablo? ¿Tenía alguno de ellos la fortaleza para resistirse a semejante tentación?

La respuesta no se hizo esperar.

Había estado toda la tarde evitando cualquier contacto físico con él. A pesar de que iba contra su naturaleza, se había apartado y no le había ayudado a entrar y salir del bote ni a subir el camino hacia el club. Él había dejado claro muchas veces que lo prefería así. Se las había arreglado solo los demás días, y el hecho de que hubiera abandonado sus vaqueros por algo más elegante no significaba que no pudiera manejarse como siempre.

Pero después, tras haberse tocado, no parecían poder dejarlo estar. Con naturalidad, deslizó las manos sobre sus caderas y las dejó allí. Y con la misma naturalidad, ella rodeó su nuca con los brazos.

—Hueles muy bien —murmuró él apoyando la barbilla en su cabeza.

Bien. Cuando estaban cenando hubiera situado esa frase solo un poco por encima de «algo en los ojos». Pero las cosas habían cambiado. La tensión que cargaba el ambiente se había suavizado con la intimidad cálida que nacía de las cenizas de su anterior desacuerdo.

–Bailas muy bien, Liam.

Era mentira, un último esfuerzo por mantener bajo control una situación que ya había ido demasiado lejos. Excepto cuando se tropezaban con los pies del otro, lo único que podían hacer era mecerse con la música. Pero no importaba. Era suficiente estar en sus brazos, sentir sus muslos chocando contra los suyos, fundirse en su mirada brillante por la pasión y darse cuenta con sorpresa que estaba excitado por su cercanía y era incapaz de ocultarlo.

–Quizá no ha sido tan buena idea –afirmó apretándola más contra él.

Pero el modo en que la abrazaba indicaba lo contrario, y cuando la música terminó y él sugirió que se fueran, ella le dio su bastón y fue con él completamente consciente de que el objetivo de su partida sería totalmente diferente al que ambos habían esperado media hora antes.

Aún era de noche y el agua estaba calmada excepto cuando la agitaba la barca. Al principio, mientras Liam navegaba por el extremo sur de la isla, se sentó bien sobre la popa, feliz simplemente de admirar su silueta poderosa iluminada por las luces del cuadro de mandos.

Ella le había colocado muchas etiquetas desde que se habían conocido, que era obstinado, difícil, odioso y demasiado orgulloso. En ese instante, había llegado el momento de reconocer la verdad. También era sexy, viril y descaradamente masculino.

Durante años, había permanecido inmune al deseo, se había contentado con dejarse llevar, en lugar de dejarse atrapar por la corriente de emociones que definía la vida. Aquella noche con poco más que un roce y una mirada, Liam la había despertado a otra realidad.

Había llegado a una bifurcación en el camino de su existencia, y la decisión sobre lo que iba a suceder después era solo suya. Un camino continuaba por las tranquilas aguas, que hasta ese momento eran lo que ella quería, hacia la tranquilidad sin complicaciones. El otro llevaba al desorden, a la pasión, al fuego y a la incertidumbre. ¡A la vida!

Una desviación en el ángulo de la luz de la luna sobre el océano la alertó de que estaban llegando a las aguas calmadas al abrigo del puerto del oeste. Excepto por el rugido del motor la noche discurría en silencio. Ex-

cepto por su figura, alta y silenciosa al ti-
món, no había nadie en el mundo que le importara, y ya había esperado lo suficiente para que él lo supiera.

Fue hacia él, se apoyó sobre su espalda,
colocó la cabeza en su hombro y le rodeó la
cintura con las manos. Su vientre estaba duro como el acero, su piel fría y suave bajo la
tela de su camisa. Separando los dedos ex-
ploró el contorno de sus costillas y de los
músculos del pecho.

Él no dijo nada ni dio ninguna muestra de
que notara que lo estaba tocando. Pero se le
aceleró el corazón y, cuando ella se atrevió a
bajar las manos por los costados hacia las caderas, escuchó su respiración profunda.

Aun así no hizo ningún esfuerzo por responder y, de repente, insegura de sí misma,
se apartó, temerosa de haber malinterpreta-
do las señales que habían formado un mensaje tan claro pocos segundos antes.

Solo entonces él se movió, apagó el motor
de modo que la noche se cernió sobre ellos
como una manta gruesa, y dejó que la lancha se dejara llevar por la corriente.

—Ni se te ocurra echarte atrás —ordenó
con la voz ronca.

Era más una petición que una orden y la
llenó de confianza. Dejó que sus manos va-

garan por su vientre plano y duro, y después por donde su carne se endurecía y calentaba contra los pantalones. Con su roce, le recorrió un temblor, poderoso como un pequeño terremoto.

Horrorizada por su osadía, intentó retirarse a un territorio más seguro, pero él le cubrió la mano con la suya para apretársela más contra él.

—No puedes parar ahora, Janie.

—No quiero —admitió débilmente, con la sangre corriéndole por las venas como fuego—. Liam, no quiero parar nunca.

Entonces se giró y la empujó contra su cuerpo. Apoyándose en el cuadro de mandos la colocó entre sus muslos de modo que pudo sentir su erección a través de la ropa.

Su respuesta no era menos intensa. Nunca había conocido semejante deseo, semejante dolorosa necesidad. Anhelante levantó el rostro hacia él. Él se erguía sobre ella, cubriendo la luz de la luna, las estrellas, todo menos la reluciente espera de su beso. Él se detuvo a apenas un milímetro de sus labios.

—Espero que sepas dónde te estás metiendo, Janie.

—Lo sé —susurró con los labios temblorosos—. No tienes que preocuparte, Liam. Soy una mujer adulta. Puedo cuidarme sola.

Unas palabras valientes que estaba preparada a admitir en ese momento.

Capítulo 7

Entonces, él se relajó y le dio un beso tan arrebatador, que le temblaron las rodillas. Aferrándose a él, separó los labios. Su lengua coqueteó con la de ella, le acarició la comisura de la boca, y se abrió paso con picardía entre sus dientes avanzando y retrocediendo rítmicamente hasta dejarla sin aliento.

Mientras tanto, sus manos eran un instrumento de tortura exquisita dedicado a descubrir cada milímetro de su piel. Los tirantes del vestido resbalaron. Por encima del suave bramido de la sangre, oyó cómo se abría la cremallera y sintió el frío aire de la noche sobre la piel desnuda. Sintió su roce, sus dedos cálidos y levemente ásperos, sus manos firmes y posesivas.

Al escuchar un suave gemido de placer, le bajó lentamente el vestido y las braguitas por debajo de las caderas hasta los tobillos. Temblando con una mezcla de esperanza e inquietud, se quedó desnuda ante él, más vulnerable que nunca en su vida.

Y después puso la boca sobre sus pechos,

creando una turbulencia que arrancó cualquier simulación de modestia que alguna vez pudiera haber albergado.

Arqueó la espalda para permitirle el acceso cuando le recorrió con la mano las costillas y el vientre. Tras un momentáneo temblor de placer, le permitió trazar el delta de sus caderas con la lengua.

Cuando depositó besos sobre sus muslos abrió las piernas temblando, incapaz de resistirse más. Consintió y le permitió adivinar la dulce y cálida humedad que no podía controlar, prueba irrefutable de su entrega.

Sin importarle mostrar su cuerpo desnudo y que estaba preparada, se sacudió contra él casi llorando ante la creciente tensión que amenazaba con hacerla estallar si no paraba... Aunque si lo hacía, seguramente moriría.

¿No podía sentir su corazón latiendo descontrolado bajo sus costillas? ¿No podía escucharlo interrumpiendo el profundo silencio de la noche? ¿No sabía que estaba inundada de un deseo punzante, que un latido profundo y primitivo nacido en el centro de su ser estaba extendiendo sus dulces tentáculos de destrucción hasta las puntas de sus dedos?

–¡Li... am! –suspiró, con su cuerpo ondulándose de deseo mientras él atormentaba uno de sus lugares más sensibles–. ¡Por favor, ven a mí!

Él levantó la cabeza y la miró fija y profundamente con los ojos llenos de fuego. Se desabrochó el cinturón y se sacó la camisa del pantalón. Le tomó la mano y se la llevó a la cremallera.

–No voy a hacerlo yo todo, cariño –susurró mirándola.

Sus palabras sonaron ásperas. Su pecho se expandió. Una película de sudor brillaba en su rostro. Se debatía en su propia agonía que solo ella podía aliviar.

Lo tocó con delicadeza y nerviosismo. Insegura de su habilidad para devolverle una fracción del éxtasis que él le había augurado, rondó por su músculo tenso hasta que él, impaciente por el esfuerzo, se abrió la cremallera y le cerró la mano con fuerza alrededor de su miembro. ¡Era apabullante, magnífico!

Percibió sus necesidades de modo que supo instintivamente cómo satisfacerlo.

Él cerró los ojos. Respiró con fuerza. Dejó caer la cabeza hacia atrás, depositó las manos sobre su cabeza y le quitó el prendedor de plata para poder agarrar su cabello.

Rodeándolo con firmeza, se inclinó hacia

él y presionó su boca contra el pulso que latía en la base de su cuello bronceado. Sabía a verano y supo que nunca olería el mar ni vería la arena tibia por el sol ni la sombra olorosa de las encinas sin pensar en él.

Sabía a pasión desatada y masculina y comprendió que nunca habría otro hombre como él, no importaba cuántos otros pudieran cruzarse en su camino.

Y en un rincón de su mente supo que lo que iba a obtener aquella noche no iba a ser suyo para siempre. Su boca se volvió ávida y exigente y sus manos hábiles y agresivas.

Sofocando un gruñido, la apartó de él y recorrió con el dedo sus pechos hasta la hendidura oscura entre sus muslos, un movimiento leve y electrizante que la dejó suspendida a medio camino entre el cielo y el infierno. Después deslizando su brazo alrededor de ella, la tumbó en el amplio asiento acolchado de estribor, y suavemente, como si ella hubiera estado hecha para acogerlo, reclamó lo que era suyo.

Un espasmo se apoderó de ella, una contracción de sorpresa e incomodidad tan breve, que apenas quedó registrado antes de que se distendiera para admitir el ritmo de su acto sexual. Aferrándola contra él, entró en ella una y otra vez. Y cada vez ella se erguía para encontrarse con él, suspirando en cada sacudida, tan vigorosa dentro de ella, remontando la cresta de cada ola, y cayendo con ella como si fluyera y refluyera a su alrededor.

«Te quiero», quería decirle, con la pasión rebosando por cada poro de su piel y reduciendo la propia conservación a un pálido e irrelevante recuerdo. Pero no lo hizo, en su lugar levantó el rostro para buscar a ciegas con la boca.

¡Cuánto había echado de menos el amor de un hombre! Con su cuerpo contrayéndose de deseo, se abrió a él, suave y dispuesta. ¡Qué impaciente y que voraz se sentía! Pero él sentía lo mismo por satisfacerla. Agarrando sus caderas la levantó hacia él y se movió hasta que ella suplicó abiertamente que la aliviara.

Cuando sucedió fue... algo que nunca había conocido antes. ¡Incomparable... sublime!

Después, con el barco meciéndose suavemente y con su brazo sobre ella, la necesidad de decir «te quiero» surgió otra vez. Eran las palabras adecuadas para ese momento. Las únicas palabras que expresaban las emociones que él había hecho renacer en ella.

Pero otro sonido rompió el silencio, un golpe contra el casco del barco, seguido por otro más fuerte. Levantándose de golpe, Liam miró hacia la oscuridad y dejó escapar una protesta.

–¿Qué es eso? ¿Estamos encallando?

Sintiéndose desnuda sin sus brazos rodeándola, se arrinconó en una esquina del asiento.

–No –respondió encendiendo el motor y virando el barco a popa–. Nos ha golpeado un tronco, nada más. Pero nos hemos ido a la deriva. Será mejor que te pongas la ropa antes de que alguien decida venir a rescatarnos heroicamente.

Mortificada, se revolvió para buscar su ropa. ¡Qué rápido se había hecho pedazos el romanticismo!

Mucho más tarde, mucho después de haber amarrado el barco mientras la casa de ella estaba a oscuras, Liam renunció a intentar dormir.

¡Habían hecho el amor sin preservativo!

Arrastrando su arrepentimiento hasta el porche, se tumbó en la hamaca y, en las frías horas de la medianoche, se enfrentó a la gravedad de sus actos. Que un tipo con su experiencia hubiera cometido semejante imprudencia era inexcusable desde todo punto de vista.

Sabía que a ella le había dolido su silencio después de hacerlo, y el modo en que había acabado la velada con un breve «Buenas Noches» y sin la más mínima muestra de afecto. Hasta un idiota de su magnitud podría imaginar porqué habían temblado sus labios al intentar sonreír, y reconocer la caída triste de sus hombros al girarse para volver a su casa.

Probablemente se había lamentado por haber sido tan fácil y había llorado hasta dormirse porque no le había dicho lo que necesitaba oír para hacer que se sintiera mejor.

Ese era el problema con las mujeres. Siempre tenían que analizar todo y encontrar razones para justificar sus acciones, especialmente en lo relativo al sexo. No era suficiente aceptar que a veces las cosas sucedían sin más.

Eso era lo que había ocurrido aquella noche. No había planeado saltar sobre ella, ni siquiera tocarla. No era su tipo.

¿Entonces por qué de repente la había deseado tanto, que casi había llegado al clímax antes de tiempo? ¿Y por qué entonces, cuando su apetito animal había sido satisfecho con creces, pensar en ella, en su grácil cuerpo bañado por la luz de la luna, le ponía frenético otra vez? ¿Por qué no podía achacar lo sucedido a una combinación de circunstancias y a un juicio equivocado por ambas partes?

Dobló la pierna y frunció el ceño. Supo por qué. Ella tenía una dulzura y una generosidad que habían despertado su desconfianza.

Era la clase de mujer que reptaba dentro del subconsciente del hombre mientras dormía o pensaba en otras cosas, y se quedaba allí de modo que él nunca volvía a librarse de ella. Lo había supuesto durante días y en ese momento tenía la prueba para su teoría.

Esa certeza lo carcomía mientras amanecía por el este. Cuando la razón debía haber prevalecido, él la deseó. Aun cuando la fatiga le podía, pero el dolor de la pierna le impedía dormir y la obstinación que le caracterizaba no le permitía tomar un calmante, la deseaba.

Y supo que no podría tenerla. Nunca. Porque no podía darle lo que ella realmente quería.

—¿Cómo te ves dentro de cinco años? —le había preguntado el día anterior cuando ella servía la comida.

Ella se había mirado las manos, unas manos suaves y bonitas hechas para abrazar a un bebé, y después había mirado a lo lejos.

—Estoy pensando en hacer un curso sobre seguros para trabajar en el departamento de planificación financiera del banco. Sería un reto interesante.

—Pareces tan emocionada como lo estaría yo si me enfrentara a un tratamiento de quimioterapia.

—Es un objetivo realista. Las otras cosas que quise en el pasado... No tenían que ser para mí.

—¿Estás hablando de hijos?

—Sí.

—Demonios, Janie. El que seas una viuda no significa que no puedas tener hijos. Si tener un hijo es tan importante para ti, ¿qué te impide perseguir tu sueño?

—¿Te refieres además de tener treinta y un años?

—Esa no es una razón. Hoy en día muchas mujeres esperan hasta los treinta y tantos para pensar en tener hijos.

—Si quedarme embarazada fuera mi única ambición, supongo que sería una opción. Pero un bebé merece tener un padre y una madre. En eso estamos de acuerdo los dos.

—Entonces cásate otra vez.

—¿Solo para tener un hijo? Eso no es suficiente. El matrimonio debería ser entre dos personas que se necesitan porque están enamoradas, no porque desean tener hijos, y no sé si alguna vez volveré a estar preparada para ese compromiso.

Pero había estado mintiendo, a él y sobre todo a sí misma. Si alguna mujer había nacido para el matrimonio, esa era ella. Tanto si quería admitirlo como si no, ella estaba como el barco la noche anterior: a la deriva y golpeada por lo que se cruzara en su camino. Necesitaba un ancla, alguien estable en quien poder confiar. Alguien como el hombre al que había perdido.

Él no podía cumplir ese papel. Lo había sabido el día anterior y nada había cambiado. ¿Entonces por qué demonios había hecho el amor con ella aquella noche? Además de engañarla, se había arriesgado a hacer lo único que se había prometido no hacer jamás: ser el padre de un hijo no deseado.

Ya estaba pagando el precio por ello. El modo en que le latía la pierna le avisaba de que había retrasado su recuperación por lo menos un mes. Se sentía peor que una rata. La fruta prohibida sabía tan dulce que le hacía desear más, lo que significaba que tenía un problema. Y como no confiaba en poder alejarse de la tentación, iba a tener que asegurarse de que ella eligiera mantenerse lejos de él.

Solo esperaba que ese fuera el único precio que iba a tener que pagar.

Solo una romántica sin esperanza esperaría que él apareciera por su casa a la mañana siguiente con un ramo de flores y alguna señal de que había encontrado su encuentro amoroso memorable. Antes de que hubieran llegado a puerto, había dejado claro que se arrepentía de todo.

Ella tampoco se sentía muy orgullosa de sí misma. El abandono con que le había respondido la llenaba de vergüenza. Pero fingir que no había pasado nada, o peor, intentar evitarse indefinidamente, se le antojó absurdo. Tarde o temprano iban a encontrarse cara a cara y, cuanto antes lo superara, mejor.

—He preparado dos tartas esta mañana y pensé que querrías una —diría—. Y sobre lo de anoche, no significa nada, Liam, ambos lo sabemos, así que olvidémoslo. No hay razón para echar a perder nuestra amistad. Lo siento, pero no puedo quedarme a tomar un café. Quiero sacar a Bounder a dar un paseo antes de que haga demasiado calor...

Así que se convenció a sí misma, ensayando su charla hasta que le quedó perfecta.

Cuando llegó a su casa, unos pasos y unos insultos la guiaron hasta el porche. Allí estaba dándole la espalda, vistiendo solo unos pantalones cortos en lugar de sus vaqueros.

Apoyándose en la barandilla estaba ejercitando su pierna herida, balanceándola con un peso metálico atado a la suela del zapato. Una tarea dura a juzgar por el sudor que cubría sus hombros.

La escena tenía un aire íntimo que la dejó paralizada y pensó en aplazar lo que quería decir para otro momento. Si las tablas no hubieran crujido a su paso podía haberlo conseguido, porque estaba muy distraído con su tarea.

Pero el sonido lo hizo mirar por encima de su hombro y la vio. En el segundo que pasó antes de moverse diferentes expresiones recorrieron su rostro. Sorpresa, disgusto y ultraje se siguieron con rapidez, advirtiéndola claramente que era tan bienvenida como una plaga.

Tomando aliento se preparó para la tormenta que se iba a desatar.

—¿Desde cuándo te he dado permiso para aparecer sin invitación? Esto no es un espectáculo.

A pesar de estar preparada, la ira fría de su voz la dejó perpleja. ¿Cómo podía hablarle así, como si fuera su enemiga? Habían compartido un momento de intimidad unas horas antes. La había besado como si fuera la única mujer sobre la tierra. Le había hecho el amor y conmovido hasta llorar para después caer exhausto y satisfecho en sus brazos. ¿Por qué era tan horrible verla entonces?

—Ya lo sé. Solo he pasado para...

—¡Cállate! ¡Cállate y lárgate de aquí!

Como ella se quedó quieta, lista para desaparecer, pero demasiado consternada para hacerlo, él se abalanzó sobre la camiseta que estaba tendida sobre la barandilla y agarró torpemente el bastón.

—¡Bien! Si tú no te vas, me iré yo.

Pero en su intento de abandonar la escena antes que soportar su presencia, se tambaleó y se cayó. ·

Entonces vio lo que había intentado esconder. Unas cicatrices rosadas que cruzaban su pierna como vías de tren empezando por el tobillo y acabando en su muslo.

—¡Vaya...! —exclamó incapaz de controlar su compasión y sabiendo cómo la interpretaría se tapó la boca. Después fue a intentar levantarlo, un gesto inútil dado que él pesaba al menos cuarenta kilos más que ella.

—¡Déjalo! —rugió—. No necesito tu ayuda ni tu lástima.

—¡No es por lástima! —gritó—. ¡Liam, por favor! No me apartaste anoche. Compartimos mucho. ¿Por qué no me dejas que te ayude ahora?

Impulsado por la rabia y por una buena dosis de su orgullo infernal, finalmente consiguió levantarse y le dedicó un torbellino de insultos.

—¡Qué típico de una mujer, intentar atrapar a un hombre en un momento de debilidad! Solo porque hice lo que tú deseabas anoche no supongas que puedes aparecer por aquí siempre que te apetezca para meterte en mi vida.

—¿Que hiciste lo que yo deseaba? ¿A quién crees que estás engañando? Puedes negar todo lo que quieras ahora, pero lo cierto es que tú deseabas hacer el amor tanto como yo, Liam McGuire, y el que fueras capaz de entregarte tanto lo prueba.

—Bueno, es un error que no quiero repetir —accedió avergonzado.

—Esa es la mejor noticia que he escuchado hoy.

—¿Para eso has venido aquí? ¿Para insultarme?

–No. Te he traído una tarta. Creí... esperaba que sería...

–Sabiduría popular, a un hombre se le conquista por su estómago. Así que, si crees que comprándome con repostería casera vas a ganar más puntos y conseguir meterme en tu cama, estás muy equivocada.

–No creas que es un soborno –replicó–. Considéralo más un pago por los servicios prestados. Y cómetela mientras está caliente porque es lo último que vas a recibir de mí. Y por lo que respecta a meterte en mi cama, antes dormiría con un escorpión.

–Parece que al final estamos de acuerdo en algo.

¡Era terrible, sin corazón, inhumano! Y ella era más que estúpida por haber creído por un minuto que podía apelar a su naturaleza bondadosa, ¡no la tenía!

Fue a darse la vuelta antes de que viera el brillo de las lágrimas en sus ojos, pero él era más observador de lo que ella creía. Una sombra de arrepentimiento cruzó su rostro y alargó la mano como si fuera a tocarla. Después, en el último momento, cambió de opinión.

–Janie, espera un minuto.

–¿Sí?

Su voz debió mostrar un destello de esperanza porque él inmediatamente se retractó.

–Nada. No era nada importante –murmuró.

–Debemos ser claros y decir las cosas abiertamente, Liam. No estás enfadado por que haya venido aquí, sino porque hicimos el amor anoche, y fingir otra cosa no cambiará los hechos. No puedo hablar por ti, pero lo que compartimos significó algo, al menos para mí.

–No vayas por ahí, Jane –la interrumpió–. Lo de anoche fue... un error. Nunca debió haber sucedido y no volverá a suceder. Y no tenía nada que ver con el amor. Así que no le pongas un nombre que no le va, y no busques razones para justificarlo, porque no las hay.

–Yo ya había llegado a la misma conclusión. La diferencia es que no lo hubiera expresado con tanta frialdad, ni lo hubiera utilizado como excusa para acabar con nuestra amistad, que es lo que estás haciendo tú. Nunca te tomé por un cobarde, Liam.

–A veces es mejor un corte limpio. La única razón por la que vine aquí fue para estar solo. Lo mismo te pasó a ti. Nos iba bien mientras mantuvimos las distancias. Nuestro error fue creer que podíamos tener lo mejor de los dos mundos, ser vecinos y ermitaños al mismo tiempo. Pero no es demasiado tarde para reparar el daño.

–Quizá no para ti.

Se quedó rígido como un animal salvaje alertado por una amenaza inminente.

–¿Qué se supone que significa eso? ¿Estás diciendo que puedes estar...?

–¿Embarazada? ¿No es un poco tarde para preguntarme eso?

Él bajó la mirada y permaneció mirándose los pies.

–¿Hiciste algo para evitar esa posibilidad?

–¡No! ¿Y tú?

–Sabes que no. Pero podías estar tomando la píldora o algo así.

–Me temo que no. Aparte de ti, no he estado con ningún otro hombre además de mi marido. Con él era diferente. Nunca hubo algo así a la mañana siguiente. Él me amaba.

–¿Estás intentando que te diga las dos palabras maravillosas? ¿Es ahí a donde quieres llegar?

–No. Peor que acostarse con alguien a quien no amas es mentir y fingir sentimientos que no existen.

–¡Qué alivio! Pero no responde a mi pregunta. ¿Puedes estar embarazada?

–Supongo que tendremos que esperar a

ver qué pasa. Si por casualidad nos encontramos dentro de seis meses y estoy enorme, sabrás que...

—¡Demonios, Jane! —explotó—. No se puede tomar esto a la ligera. Si descubres que...

—No te preocupes, Liam, no vendré corriendo después de haber dejado tus sentimientos tan claros.

—Que estuvieras embarazada cambiaría muchas cosas.

—Pero no la más importante, que es que no quieres tener nada más que ver conmigo.

—Si hay la más remota posibilidad... si es el momento fértil del mes, quiero saberlo. Ahora.

—¿Qué te hace pensar que tienes derecho a una información tan personal, cuando te sientes plenamente justificado para despellejarme por haber visto las cicatrices de tu pierna por casualidad? —exclamó mientras una oleada de vergüenza le calentaba el rostro.

—Responde a la pregunta, Jane —exigió implacable—. ¿Es este el peor momento del mes para jugar a la ruleta rusa con el sexo?

—No —respondió sorprendida de lo fácil que le resultó mentir.

—¿Cuándo lo sabrás seguro?

—En un par de días —contestó. Más avergonzada cada minuto y herida hasta lo insoportable por su actitud, se pasó una mano por la cara como para barrer su preocupación. ¡Qué insensible era!–. De verdad, Liam, encuentro este tipo de preguntas de lo más molesto. No tienes nada de tacto.

–No. Pero quiero creer que no soy un canalla. Si no tienes el periodo cuando te toque, quiero saberlo. Anoche, estuvimos haciéndolo como conejos en celo. No estoy orgulloso de lo que hice, pero estoy dispuesto a afrontar las consecuencias, por inoportunas que sean.

Había estado segura de que podía afrontar verlo otra vez, de que encontrarían un modo de superar la indiscreción de la noche anterior y mantener su amistad intacta. Pero su actitud, sus hombros caídos, la expresión de desinterés y el menosprecio hiriente de lo que ella había sentido como bello la llenaron de tanto dolor y arrepentimiento que rompió a llorar.

–¡Animal insensible! Ya sé por qué estás aquí solo. No es por tu voluntad. Seguramente no tienes ni un amigo.

–¡Maldita sea! –murmuró pasándose los dedos por el cabello–. Janie, escucha, no quiero herirte...

–Demasiado tarde. Ya lo has hecho.

–Pero no es irreversible –aseguró tomán-

dole las manos–. Deja de castigarte así y escúchame. Tienes razón. Soy un payaso, un
idiota...

–¡Eres peor que todo eso!

–¿Crees que no lo sé? No tenía motivos
para hacer el amor contigo anoche. No tengo ninguna excusa por haber dejado que se
me fueran las cosas de las manos. Pero al
menos puedo asegurar que no repetiré el
error, y si eso significa alejarte de mi vida,
eso es lo que haré. De todos modos ya es
hora de que me vaya. La rehabilitación ha
ido más rápidamente de lo que esperaba y
estoy preparado para un poco más de co-
modidad y libertad de la que este lugar puede ofrecerme –dijo. Dejó escapar el aliento
y le dio una palmada en el hombro–. En
cuanto a ti, ya estás preparada para otra relación, para el matrimonio, aunque no estés
dispuesta a admitirlo. Pero yo no soy el
hombre adecuado, Janie. Tengo mis propios
asuntos que resolver. No puedo resolver los
tuyos también.

–No te estoy pidiendo que lo hagas. Nunca he sugerido que estuviera buscando semejante compromiso.

Pero continuó llorando porque sabía que
a la única a quien estaba engañando era a
ella misma. Liam tenía razón. En algún mo-

mento del verano, había salido del largo túnel del reajuste personal y estaba preparada para amar otra vez.

—Quizá no con esas palabras, pero está bien. No hay nada malo en perseguir los sueños. Es saludable. Y si tuviera un poco de sentido común, aprovecharía la oportunidad, porque eres una mujer maravillosa, Janie —afirmó. Le colocó un mechón de cabello detrás de la oreja y le cubrió la mejilla con la mano—. Pero no puedo darte lo que necesitas para ser feliz. Mis prioridades son otras. Si no se me cura la pierna completamente, me quedaré lisiado el resto de mi vida. Tú ya has pasado por eso una vez y nunca te pediría que lo hicieras otra vez.

—¿Ni siquiera aunque...?

—Ni siquiera entonces. Ya has visto cómo soy. La mayor parte de los días no se puede vivir conmigo. Tienes que saber que sería aún peor si supiera que lo que estoy pasando ahora es para el resto de mi vida.

—No lo será —aseguró tomándole la mano—. Ya has llegado muy lejos. Vas a conseguirlo. De verdad creo que lo vas a hacer.

—Si tienes razón, y espero que la tengas, volveré al trabajo, a llevar la vida que amo y que tú no soportarías. Ya has explicado la clase de marido que te gustaría, y yo no encajo en el molde.

Fijó su mirada aguamarina en la de ella y sintió que algo se le movía dentro, los fragmentos de una esperanza rota. Supo que nunca volvería a mirar al mar sin el corazón anhelante por su recuerdo y que, no importaba lo que deparara el futuro, nunca habría otro hombre que la llevara a las cumbres de la pasión que había conocido con él. Pero tampoco habría otro que le hiciera tanto daño.

—Tú no tienes pelos en la lengua, ¿verdad?

—No. Si en algo puedes contar conmigo es en que hable con franqueza. No me gusta edulcorar la verdad, así que creo que es justo que lo sepas. Mi estancia aquí termina y vuelvo a Vancouver en cuanto haga la maleta y prepare el viaje.

Capítulo 8

Tenía que irse lo bastante lejos para no verlo salir cojeando de su vida. Lo bastante lejos para no rendirse a la necesidad de correr tras él llena de excusas que no hacían más que encubrir que no podía soportar dejarlo marchar.

Por la mañana había empaquetado las provisiones que necesitaría para los dos días siguientes y había partido hacia Bell Mountain. Aunque el camino era difícil en las alturas, comenzaba con curvas fáciles. Había empezado más tarde de lo que le hubiera gustado, pero aun así llegó a la cueva antes del atardecer.

Su abuelo la había llevado allí por primera vez cuando tenía diez años.

—Encontré este lugar cuando era un chiquillo —había contado—. Y lo convertí en mi escondite secreto. Una vez acampé por aquí durante una semana, cuando estaba molesto con Steven porque había pescado un salmón más grande que el mío.

—¿Pero qué hacías aquí arriba? ¿Qué comías? —había preguntado fascinada con la idea, pero sin ni tan siquiera imaginar que llegaría el día en que ella también buscaría refugio allí.

—Me traje libros y robé un poco de pan y latas de conserva de la despensa de mi madre, y mantequilla y un saco de patatas. Incluso construí unas estanterías para guardar mis provisiones, allá en el fondo, ¿las ves?, y encendí un fuego en la entrada para alejar a los osos.

Hacía años que no iba allí, pero nada había cambiado desde entonces. Los helechos cubrían la entrada y delante seguía el círculo de piedras donde había ardido el fuego, cuyas cenizas habían sido barridas por las lluvias del invierno tiempo atrás. Incluso las estanterías permanecían intactas. En una de ellas se alineaban una caracolas junto al cabo de una vela y una vieja fotografía de una estrella del rock que ella admiraba cuando era adolescente.

Inesperadamente, su visión y la inocencia que representaba le recordó la tristeza de la que había intentado escapar y que volvía como una venganza. Bell Island siempre había sido un refugio, un lugar donde las ballenas jugaban en la costa oeste, y las tormentas de verano caían con una pasión violenta y fugaz.

Liam sería como ellas y dejaría la misma desolación tras él cuando se marchara. Deseó no haberlo conocido, no haber sabido de su pena íntima y feroz, ni de su risa fugaz. Deseó que nunca la hubiera tocado ni besado.

Deseó no amarlo.

Cayó de rodillas sobre el suelo duro y arenoso y lloró por la verdad que ya no podía negar. No era así como se suponía que tenían que ir las cosas. Había regresado a la isla para recuperarse, espiritual y físicamente, para poder empezar de nuevo cuando volviera a la ciudad. En lugar de eso, estaba dolida con un hombre al que no le importaría que desapareciera del mundo.

Una lengua cálida y húmeda lamió su rostro.

—Bounder —sollozó abrazándose a su cuello y hundiendo la cara en su pelo—. ¿Cómo he podido dejar que ocurriera?

El problema de vivir en una isla era que se perdía el sentido del tiempo. Discurría suavemente haciendo muy fácil posponer las cosas para el día siguiente, o para la semana siguiente o para cuando se tuviera ánimo. Así que la primera reacción de Liam cuando el motor del hidroavión aminoró y se detuvo con un susurro en la cala aquella tarde a las cuatro y media fue una airado «¡Demonios!».

Había olvidado la propuesta de Brianna de visitarlo. Apenas había pensado en ello desde que había dejado aquel mensaje en su buzón de voz. Pero ya era inevitable. Contrariado, bajó por la rampa para recibirla. Si hubiera llegado unos días después podría haberse marchado con ella y así ahorrarse la molestia de contratar a un piloto comercial.

Conduciendo el hidroavión hasta el muelle con su maestría habitual, Brianna salió y se estiró, un gesto dirigido a recordarle sus considerables virtudes.

–¡Guapo! –exclamó agarrándose a él tras colocarse las gafas de sol hacia atrás.

Haciendo lo posible para sujetarla sin que ambos cayeran, arrugó el rostro para fingir algo cercano a una sonrisa.

–Hola –contestó.

–¡Deja que te mire! –dijo con entusiasmo–. Cariño, estás para comerte, tan bronceado y sano y en forma. La vida en el campo te sienta bien.

–Tiene sus ventajas.

–Y sus desventajas, también. ¿Tenías que recluirte en un lugar tan remoto? Lo he pasado fatal para encontrarte.

–Esa es una de sus ventajas, Brianna. A la gente no le resulta muy cómodo venir a hacerme una visita cuando les apetece. ¿Cuánto tiempo piensas quedarte?

–¡Acabo de llegar! Al menos deja que estire las piernas un poco antes de intentar librarte de mí.

–Es que no quiero que te sientas obligada a quedarte para visitar a un inválido. Sobre todo porque voy a volver a la ciudad dentro de una semana.

Ella deslizó las manos desde las caderas hasta el bajo de la minifalda, una invitación abierta a que admirara sus muslos bronceados.

–No seas tonto, Liam. Estoy aquí porque no podía estar lejos de ti. Y de todos modos, el viaje de aquí a la ciudad es fácil. No debería llevarme más de una hora, lo que nos deja tiempo para una visita larga y agradable –dijo agarrándolo del brazo y empezando a subir la rampa–. ¿No vas a invitarme a tu pequeño refugio, cariño? Estoy deseando verlo. Y me muero por una bebida fría.

–Lo único que tengo es cerveza y agua.

–Pues sí que te has tomado en serio la vida rural. Menos mal que he traído unas cuantas cosas. Espera aquí, cariño, las traeré.

Volvió al hidroavión, tan fuera de lugar como un pájaro tropical. Miró hacia la casa de Jane. No había rastro de ella, aunque difícilmente podría no advertir la presencia del hidroavión si salía al porche.

Esperó que no lo hiciera. Su percepción había cambiado desde que había decidido que la aparición de Brianna acabaría definitivamente con las ideas que Jane pudiera albergar sobre él y sobre ambos como pareja. Odiaba tener que admitirlo, pero había llegado a preocuparse por no herirla, y a raíz de lo que había sucedido la pasada noche, sabía que ella se enfadaría si creía que la había estado utilizando para entretenerse hasta que no apareciera nada mejor.

Brianna no encajaba en esa descripción. La había conocido hacía un año a través de amigos comunes que habían pensado que harían una buena pareja. ¡Difícilmente! Ella era demasiado teatral y demasiado insistente para su gusto. Prueba de ello era que, de toda la gente que conocía, solo ella había conseguido averiguar dónde se había escondido.

—Ya está, cariño, solo una cosa para pasar la tarde. Espero que tengas un sacacorchos en tu choza, porque olvidé traer uno.

—¿Es una buena idea? —preguntó señalando las dos botellas de vino que asomaban por la cesta de picnic—. Si vas a volar otra vez antes del atardecer...

—Confía en mí, Liam, querido, aprecio mi vida demasiado como para ponerla en peligro pilotando el hidroavión cuando estoy bajo la influencia del alcohol. Así que deja de refunfuñar y enséñame tu casita junto al mar. Debo decir, si me puedo fiar del exterior, que no se corresponde con tu nivel de vida habitual.

—Es más que apropiada para lo que necesito y está lo bastante lejos del mundanal ruido como para asegurarme total intimidad —dijo—. La mayor parte del tiempo, claro —añadió.

—No tanta intimidad. Veo otra cabaña un poco más lejos. ¿Vive alguien interesante?

—No —respondió ignorando cómo su corazón había palpitado. ¿Qué le había hecho creer que meter a otra mujer en su vida era una solución par el problema con Jane?—. Es solo otra veraneante que está buscando paz y tranquilidad.

Llegaron a su casa. Lo agarró del codo con una satisfacción indisimulada.

—Eso está bien. Me ha costado mucho sacarle información sobre ti a Tom para querer compartirte con otra. Quiero que seas solo para mí.

«No, si puedo opinar. Tengo intención de que vuelvas a la ciudad en una hora».

–Aquí la tienes –dijo deteniéndose para que ella pasara primero a la casa–. ¿No está mal, verdad?

–¡Qué... pintoresca! –exclamó deteniéndose en el vestíbulo transfigurada por la consternación.

–Claro que ahora está un poco desordenada porque estoy haciendo las maletas. Aunque sirve bien para lo que es, no puedo decir que me dé pena marcharme.

–¡No me digas! –exclamó–. Cielos, Liam, es paleolítica. No comprendo cómo te has quedado tanto tiempo. Abre una de esas botellas, por favor. Necesito algo para recuperarme.

Media hora de conversación superficial, con millones de «cariños», era todo lo que podía soportar.

–Te diré una cosa. Tengo un par de nasas en la bahía. ¿Te gustaría llevarte a casa marisco fresco para cenar? –sugirió con los ojos opacos de aburrimiento.

Aunque el comentario le había parecido bastante inocuo en aquel momento, dejar sola a Brianna se convirtió en un gran error.

En parte fue culpa suya. Podría haber previsto los problemas antes de que ocurrieran, si no hubiera optado por atar la barca en la parte del muelle de Jane, en lugar de en su amarre habitual.

Se dijo que así le resultaría más fácil a Brianna sacar el hidroavión a mar abierto, pero lo cierto era que estaba intentando ocultar el aparato.

Con esa excusa lanzó una mirada furtiva a la casa de Jane. Seguía sin haber rastro de ella ni de Bounder. O estaba regodeándose en su enfado, o había salido, quizá hubiera convencido al chico que le llevaba las provisiones para que la llevara a Clara's Cove por la tarde, aunque no había oído a otro barco acercarse al muelle.

Saltando a tierra, miró hacia su casa, esperando encontrar a Brianna lista para marcharse. No tuvo esa suerte. En su lugar, se había tumbado en la hamaca del porche, y aun desde lejos se notaba que era una mujer. Si Jane había ido al pueblo y se le ocurría volver pronto...

Vio en su reloj que eran casi las seis. Como un anfitrión preocupado y responsable, tenía derecho a pedirle a su invitada que se marchara. Si lo hacía en ese momento, estaría de vuelta en Vancouver a tiempo para cenar, una opción que aceptaría con presteza cuando supiera que no había marisco aquel día.

Contento con esa idea, subió la rampa. Su optimismo no duró mucho. Cuando dobló la esquina del porche, Brianna soltó una carcajada y se cayó de cabeza cuando intentó levantarse de la hamaca.

—Creo que estoy un poco achispada. ¡Estoy tan relajada, cielo!

—No seas ridícula. Solo hemos tomado una copa de vino cada uno, y la botella sigue por la mitad.

—Tenía tanta sed y has tardado tanto... —dijo chupándose los labios. Después, haciendo un gran esfuerzo por sentarse, miró hacia la botella vacía medio escondida bajo la hamaca—. Así que terminé la primera y abrí la segunda.

Él hizo una mueca incapaz de ocultar su disgusto. ¿Tenía idea de lo poco atractiva que estaba pronunciando mal y con las facciones tan relajadas que parecían de cera?

—¡Achispada, y una porra! Estás bebida, Brianna. ¿Cómo vas a pilotar en ese estado?

—No creo que pueda —respondió hipando, intentando levantarse y cayéndose sobre sus rodillas en el proceso. Abandonando la batalla, se deslizó sobre el suelo—. Creo que voy a tumbarme aquí para dormir un poco hasta que me despeje.

—¡No te atrevas a desmayarte aquí! —la amenazó. La repercusión de intentar explicar su comatosa presencia si Jane aparecía de repente era demasiado horrible.

«Jane... todo volvía a ella».

Por enésima vez en la última hora y media miró hacia su casa. Seguía desierta. ¿Pero cuánto duraría su suerte?

—Prepararé café —dijo sorteando los intentos de Brianna de usar sus pies como almohada—. Brianna, por favor...

El esfuerzo de mirarlo hizo que se pusiera bizca.

—No te enfades conmigo —lloriqueó—. Te quiero.

Se pasó los dedos por el pelo y consideró sus opciones. Decir que eran limitadas era una exageración. Solo tenía una opción.

Agarrándola por debajo de los brazos la metió en la casa. En cuanto la tumbó en el sofá se quedó dormida.

—A primera hora de la mañana te vas de aquí —ordenó—. Y si sigues sin poder pilotar te vas nadando.

Durante la noche, un frente entró por el Pacífico. En lugar de la pálida luz amarilla que esperaba, se encontró con una neblina verdosa y el sonido de la lluvia golpeando las hojas. Retirando los helechos de la entrada de la cueva observó la mañana envuelta en niebla.

¡Al garete sus planes de subir a Bell Mountain! Por mucho que quisiera poner distancia entre Liam McGuire y ella, no estaba dispuesta a arriesgar su vida y la de Bounder para hacerlo. Tenía un hornillo y combustible, café y comida, agua de lluvia a cincuenta metros, un libro para pasar el tiempo y un lugar seco donde dormir. Esperaría a que cambiara el tiempo.

Pero tras dos días sin señal de cambio, y con el sonido, además del de la lluvia, del doliente tañido de la campana que daba nombre a la isla, había tenido suficiente de su propia compañía para toda la vida. Demasiados pensamientos sobre Liam llenaban su cabeza, demasiado arrepentimiento, demasiadas esperanzas que nunca se harían realidad.

Su rostro se interponía entre ella y las páginas del libro. Su voz invadía sus sueños. Furiosa consigo misma por permitir que las cosas llegaran a tal extremo, reconoció que su refugio se había convertido en una prisión. Aun más, aunque no hacía mucho frío, la humedad proporcionaba un prematuro aire otoñal que hacía que hasta Bounder se enroscara en una bola con la cola sobre la nariz.

Así que hacia la tarde, cuando la niebla se disipó lo suficiente como para que pudiera ver la superficie plana y gris del mar, enrolló el saco de dormir y volvió por donde había venido, llegando a su casa justo después de que oscureciera, desanimada, cansada y confusa.

Primero dio de comer a Bounder. Mientras esperaba a que se calentara el agua, se puso un albornoz, salió, descolgó la antigua bañera de latón y la colocó en el porche. Como era por naturaleza una persona celosa de su intimidad que no iba pavoneándose por ahí ni siquiera en su propio jardín, solía bañarse en la cocina.

Pero estaba oscuro, estaba lloviendo otra vez, lo bastante fuerte como para que nadie anduviera fuera en semejantes condiciones inclementes. ¿Y quién iba a presentarse sin invitación? ¿Liam? ¡Difícilmente! Había dejado claro que no quería volver a verla.

Así que, cansada y enfadada con la vida en general, dejó de lado su cautela habitual y se bañó fuera, a la luz de una lámpara que estaba sobre una silla de la cocina bajo el tejado del porche. Afortunadamente, la bañera era pequeña, más bien un baño de asiento, con un respaldo curvo, lo que suponía que tenía que sentarse con las rodillas a la altura de la cintura, pero el agua, caliente y perfumada con sales de lavanda, le llegaba hasta los hombros y resultaba maravillosa.

Inclinando la cabeza hacia atrás, cerró los ojos y respiró la fragancia. Estaba preparada para volver a la civilización, por muchas razones, y entre ellas por las comodidades que tan dispuesta había estado a abandonar cuando había decidido pasar el verano en la cabaña. Al día siguiente, empezaría a cerrar la cabaña para el invierno y a hacer los preparativos para volver a casa. Quizá entonces, cuando ni él ni su recuerdo fueran una presencia cercana, sería capaz de quitarse a Liam McGuire de la cabeza para siempre.

En la tercera noche de su confinamiento forzoso, Brianna entró corriendo en la casa porque había visto un lobo subiendo por el camino desde la playa.

—No hay lobos en la isla —aseguró Liam, para entonces tan preocupado por la desaparición de Jane que hacía tiempo que había dejado de importarle qué pensaría si descubriera que había otra mujer en su casa—. Se te está desbordando la imaginación o has estado bebiendo otra vez.

—No he estado bebiendo —exclamó indignada—. Y no estoy viendo visiones. Hay una criatura negra ahí fuera y, si no me crees, ve a verlo tú mismo.

Solo entonces se le ocurrió que lo que había visto era Bounder. Poniéndose en pie, se dirigió hacia la puerta y la abrió. Fuera, una masa de pelo negro salió de la oscuridad persiguiéndose a sí misma con un entusiasmo enloquecido.

—¡Bola de pelo! —gritó Liam, agarrándose al marco de la puerta.

Desde el otro lado de la cocina Brianna empezó a chillar otra vez y corrió a buscar una sartén.

—Deja eso antes de que le des a alguien —ordenó Liam—. Este perro vive ahí al lado y es inofensivo.

—A mí me parece que está rabioso —gritó.

«Si lo estuviera, te lo mandaría». Liam consiguió agarrar al perro por el collar y tranquilizarlo.

—Tranquilo —dijo deseando ver a Jane para comprobar que estaba bien—. Por si aplaca algo tus temores, voy a llevármelo a su casa.

Era la excusa perfecta para asegurarse de que Jane había regresado a casa también. Después de todo, el hecho de que hubiera aparecido el perro no significaba que ella hubiera hecho lo mismo. Podría estar tirada bajo la lluvia con una pierna rota o algo así y podía ser que el perro estuviera intentando llevarlo hasta ella.

Hasta que no dio la vuelta a la casa no vio un destello de luz en el porche trasero. Se quedó inmóvil. Incluso sus pulmones se agarrotaron. Lo único que se movía era su corazón que iba a mil por hora.

Sujetando al perro con mano firme, se quedó paralizado en las sombras de las cepas y se quedó contemplando la visión que tenía ante él. La espuma que salía del baño la rodeaba, tentándolo con fragmentos de piel de sus delicados miembros y sus esbeltos hombros. Tenía champú en el pelo y formaba un gorro de espuma sobre su cabeza. La hacía parecer una escultura griega, llena de gracia y al mismo tiempo etérea.

Mientras permanecía allí, con la boca seca, con los pulmones a punto de estallar por falta de oxígeno, ella inclinó la cabeza hacia atrás mostrando su cuello y dejó que el agua cayera de la esponja como diamantes desde su barbilla hasta el escote.

En ese momento, habría dado diez años de vida por atrapar aquellas gotas brillantes con la lengua.

También sabía que estaba coqueteando con el desastre. Sin reparar en ello, se sintió lleno de deseo por ella, tenso como un tambor. Su instinto lo empujaba a ir hacia ella para tomarla en sus brazos. Si hubiera sitio para los dos en la bañera, se habría quitado la ropa para meterse con ella.

Sería mejor que se marchara en silencio como había llegado y se diera un baño en el mar frío. Aun mejor, nunca debería haber ido allí en primer lugar.

«Vuelve a tu casa. Aléjate de su vida».

Pero sus piernas, tanto tiempo inútiles, tenían otra idea y le acercaron más.

Debió de hacer ruido o quizá ella notó un movimiento en su ángulo de visión. Irguió la cabeza y se colocó la esponja sobre el pecho.

Aun entonces, podía haber escapado sin que se diera cuenta.

—¿Bounder, eres tú? —llamó.

Inmediatamente, soltó al perro e intentó empujarlo hacia delante, pero el estúpido animal se negó a obedecer, en lugar de eso se puso a dar vueltas a su alrededor y a dar ladridos de alegría que acabaron con su anonimato.

Agarrando la toalla que tenía sobre el respaldo de la bañera, se levantó y se cubrió, al menos lo que pudo, que eran las partes más interesantes.

—¿Quién está ahí? —gritó asustada.

—Soy yo —respondió. Su rostro era una máscara pálida de susto, sus ojos estaban alarmados. Afligido, entró en la zona iluminada por la lámpara–. No quería asustarte, Janie –se disculpó–. Solo he venido a ...

–¡Monstruo! –susurró temblando y aferrándose más a la toalla.

–Lo sé. Pero en parte es culpa tuya que esté aquí.

–¿Por qué lo dices?

–Desapareciste si decir nada, hace tres días. Y el tiempo... ¿Qué iba a hacer?

–¡Nada! Lo que tú esperabas que yo hiciera cuando decidiste salir con la tormenta.

–Eso era diferente. Eres una mujer y...

–Me sorprende que lo hayas notado.

Se mordió el labio para no sonreir.

–Si hubiera tenido alguna duda, tú las has despejado esta noche.

Pero ella no estaba de humor para que la ablandara con cumplidos a destiempo.

–Me lo hiciste pasar fatal por intentar complacerte –gritó–. Me usaste como diana porque estabas en una silla de ruedas. Y lo peor de todo, me hiciste sentir culpable y fuera de lugar por osar preocuparme por ti. ¿Y crees que lo único que tienes que hacer es ser amable cuando te apetezca para que yo me olvide del daño que me has hecho? ¡Pues se acabó! –aseguró con los ojos llenos de lágrimas.

—Sí. He hecho todo eso y más. Pero eso no significa que no estuviera preocupado cuando desapareciste sin más.

—¡Por favor! ¡No te importo un carajo! Lo dejaste bien claro la última vez que hablamos. Si sentiste algo, probablemente fue alivio por haberte librado de mí.

Las lágrimas se derramaron por su rostro. Él no comprendió por qué lo conmovieron tan profundamente. Pero se le hizo un nudo en la garganta con un sentimiento que nunca había experimentado antes al verla. No era una pasión como la que él conocía. Le creó una clase diferente de deseo, que le impelía a abrazarla contra su pecho a pesar de sus objeciones.

Tocarla fue un error, el más grave de todos, especialmente en aquel momento en el que ella no llevaba puesto nada más que una toalla y una montaña de espuma en el cabello. ¿Pero la dejó marchar? ¿Puso una distancia prudente y respetable entre ellos? No. Acarició su espalda de arriba abajo mientras le susurraba tonterías hasta que la pena dejó de sacudirla y ella se fundió en él, tibia y suave, pidiendo que la amaran. Y él, se sintió más que dispuesto a cumplir.

Tenía que hacer algo para romper el hechizo, algo que aliviara la tensión sin herir sus sentimientos otra vez. Separándola levemente, le rozó la mejilla manchada de espuma con un dedo, como si fuera la nata de un pastel, y se lo chupó.

—¡Esto huele mejor de lo que sabe!

—¡Tonto!

Pero no fue lo que dijo lo que precipitó su siguiente movimiento, fue cómo lo dijo, con una ligera sonrisa que temblaba en su boca y le recordó cómo eran sus besos. El problema se agravaba cada segundo que pasaba.

La separó de él, tomó un cubo vacío y lo llenó con el agua de lluvia de un barril.

—Te vas a morir de frío aquí fuera. Aclaremos ese pelo para que puedas vestirte.

Ella agachó la cabeza obediente. Intentando con todas sus fuerzas no caer sobre la curva de su nuca, le aclaró el cabello.

—¿Tienes otra toalla? —preguntó al terminar.

Se encogió de hombros de un modo provocativo que envió una lluvia de gotas sobre su piel.

—Solo la que llevo puesta.

Un hombre listo habría ignorado la invitación que llevaba implícita su respuesta, pero él no lo era. Lejos de disiparse, la ternura que había hecho nacer en él se transformó en un deseo feroz. Le quitó la toalla hasta que se quedó desnuda frente a él.

—Entonces tendrá que servir —dijo con voz ronca.

Ella se le quedó mirando mientras él le hacía un turbante en la cabeza.

—¿De verdad estabas preocupado? —preguntó.

—Tanto que no he dormido en dos días.

Ella le tocó los párpados y después la boca con la suavidad de las alas de una mariposa.

—Debes de estar cansado.

—Dormir no es lo que más me preocupa, si es eso lo que estás pensando.

—Ni a mí —murmuró sacándole la camiseta de los pantalones y colocándole las manos frías sobre su piel ardiente—. Siendo así, ¿te gustaría entrar a tomar algo antes de dormir?

Capítulo 9

Hipnotizado por el balanceo de sus caderas y la sonrisa cómplice que se dibujaba en su rostro, entró con ella. Dejó el bastón en el porche, pero otro dolor más punzante que el tormento de su pierna lo consumía mientras subía por la escalera de caracol hacia su dormitorio.

Vagamente vislumbró las ventanas que sobresalían de las cuatro paredes y el techo abuhardillado. Había un jarrón con rosas cerca de la lamparilla sobre la mesilla de noche y un camisón con lazos azules colgaba de una silla. Pero sobre todo, se fijó en la cama, con las barandillas metálicas brillando bajo la luz de la lámpara y en ella sentándose en el colchón y extendiendo los brazos hacia él.

Olía como a un perfume importado de París: exótico, ligeramente especiado y deliciosamente femenino. Su piel era lustrosa como una perla, como si la hubiera abrillantado con polvo de luna. Y aunque una parte de él le decía que era una mala idea, otra parte razonaba que solo era un hombre, no un dios. Su resistencia tenía un límite. Y si ella estaba dispuesta...

Pero la conciencia, negándose a estar de acuerdo con semejante razonamiento, continuó fastidiándole. «Su comportamiento no es propio de ella. Solo un idiota se aprovecharía de ella en esta situación. ¿No has hecho ya bastante sin tener que rebajarte así?».

Como si ella percibiera sus reservas, se colocó las manos bajo los pechos para ofrecérselos. Eso, y su modo de mirarlo, con los ojos llenos de confianza, casi le provocaron el llanto.

No estaba acostumbrado a una seducción tan ingenua y desnuda. Las mujeres que había conocido antes, tenían más experiencia de la que ella pudiera imaginar. Sabían cómo protegerse del dolor. Sabían cómo tomar. Pero ella... ella estaba tan perdida y tan concentrada en dar sin tener ni idea de lo que podía costarle.

De nuevo, la cordura tuvo la última palabra. «¡Por eso deberías irte! ¡Ahora mismo!».

—Quizá deberíamos hablar de esto mientras ambos somos capaces de un pensamiento racional, Janie —murmuró agarrándola por los hombros e intentando mantenerse firme, lo que no resultaba fácil dado que ella inició un movimiento aún más travieso bajándole la cremallera y tomándole el miembro con la mano.

—¿Cuándo hablar me ha llevado a algún sitio? —preguntó puntuando la pregunta con una hilera de besos desde su pecho hasta el ombligo—. Nunca escuchas nada de lo que digo. Lo único que haces es discutir conmigo.

—Exac...tamente.

Con una total falta de convicción, la palabra salió de su boca con un suspiro entrecortado. ¿Pero cómo se suponía que un hombre iba a mantener el control si ella estaba creando el caos en sus zonas más sensibles?

Rindiéndose a la derrota, se quitó la ropa y la sujetó para observar la seductora caída de sus pestañas y le enseñó que era una locura ponerlo a prueba de esa manera. Deliberadamente y con una dedicación que no dejó ni un milímetro de piel sin explorar, recorrió el contorno de su torso, desde los hombros hasta los muslos, maravillándose de su perfección y regocijándose por su grito de sorpresa cuando la descubrió tan húmeda y preparada para él, que con solo tocarla la llevó al límite.

—¡Liam! —gritó con el cuerpo convulsionándose con un espasmo de placer—. ¡Por favor... por favor...!

—Aún no —respondió con la voz ronca, decidido a que esa vez no sería una réplica de la anterior, furtiva y apresurada, con una prisa que casi los arrojó al suelo.

Esa vez prolongaría el placer de los dos, pero especialmente el de ella. Si al día siguiente se cuestionaba los impulsos que la habían dominado, al menos sería capaz de justificarlos con unos recuerdos que mereciera la pena guardar.

Quería que se tumbara a su lado, piel contra piel, quería la satisfacción básica de sentir las suaves curvas de su cuerpo adaptándose para encajar en los ángulos del suyo. Quería paladear su sabor a nata dulce y, cuando la tensión se hiciera más fuerte de lo que pudiera soportar, quería hundirse dentro de ella y sentirla estremecerse bajo él una y otra vez.

Con lo que no contaba era con lo rápidamente que su propio deseo se desbordaría y lo incapaz que sería para contenerlo. Ninguno de los métodos habituales funcionó. El fuego continuó ardiendo en su sangre con una fuerza explosiva. Estaba librando una batalla perdida y lo sabía.

Gruñendo, se colocó de espaldas y la elevó para colocarla sobre él, sin pensar en nada más que en su carne húmeda rodeándolo.

No pesaba casi nada, sus huesos eran pequeños, su figura tan ligera, que el milagro de la capacidad de su cuerpo para abrirse y acoger a un hombre, o dar a luz a un bebé...

«¡Dar a luz!».

La realidad, tan dura como una bofetada en la cara, tuvo más éxito que otros métodos de probada eficacia.

–¿Qué demonios estoy haciendo? –gruñó, apartándola de él tan violentamente, que rebotó sobre el colchón.

El silencio que siguió estaba cuajado de reproches. Respirando profundamente, furioso consigo mismo, con ella, con la vida en general, se tumbó tapándose los ojos y deseó estar en cualquier sitio menos con ella.

–Creí que estábamos haciendo el amor –susurró ella.

Él no respondió. ¿Qué iba a decir? ¿Que el amor no tenía nada que ver? ¿Qué ella lo había empujado y que él había estado demasiado empeñado en satisfacerse como para poner fin a aquello antes de las cosas se le escaparan de las manos? ¿Que no se fiaba de sí mismo cuando estaba con ella, que se había sorprendido deseando decir cosas que no eran, que no podían ser, ciertas y hacer promesas que sabía que no podía mantener?

—¿Liam? ¿Ha sido culpa mía? —preguntó rozándole un brazo.

—No estábamos haciendo el amor, estábamos jugando con fuego —sentenció con rudeza—. Otra vez. Y no tengo intención de arriesgarme a quemarme de nuevo.

—¿Fuego? —preguntó con la voz temblorosa.

—¿Tengo que explicártelo con dibujos, Jane? Cuando un hombre y una mujer practican el sexo, se arriesgan a tener un hijo a no ser que tomen precauciones. Tal como yo lo veo, ya es bastante malo que puedas estar embarazada porque no utilicé un preservativo la primera vez, sin tener que tentar a la suerte otra vez.

—Tienes razón —afirmó apartándose de él como si estuviera sucia—. No sé cómo he podido olvidarlo, no estaba pensando en...

—No te castigues, Janie. No fue solo por ti.

—Sí, lo fue —aseguró retorciéndose las manos con angustia—. Creí que podía aceptar que todo había terminado entre nosotros. Nunca pensé que pudiera ser tan... osada y agresiva. Pero cuando viniste esta noche, aunque quería estar enfadada contigo, me di cuenta de que... lo cierto es, Liam, que mis sentimientos por ti han ido más allá de lo que esperaba. Por ello huí... y por eso volví.

–¡No! ¡Para ahí, Jane! Las decisiones que tomas no tienen nada que ver conmigo, como las que yo tomo no tienen que ver contigo. Creí que los dos estábamos de acuerdo en eso.

–Las cosas a veces cambian, aunque no queramos.

–Pero esto no –replicó. Como si estuviera sobre una cama de espinas, se levantó y empezó a ponerse la ropa a toda prisa–. Escúchame, Janie, ya hemos hablado de esto antes. Eres una mujer nacida para estar con un hombre y estás preparada para empezar una relación, pero nunca me habrías mirado si no fuera el único hombre por estos pagos. En cuanto vuelvas a la ciudad y puedas elegir, estarás contenta de que no te conformaras con menos de lo que mereces, que es lo que conseguirías con alguien como yo.

–Que te menosprecies no va a hacerme cambiar de opinión –dijo–. Vi cómo me mirabas en el porche. Sé cómo me besaste. Sé que me deseabas tanto como yo a ti. Y sé también que tienes miedo de permitir que vean que eres capaz de ser tierno. Pero yo he descubierto otra cosa esta noche, Liam. No puedes negarlo, pero lo que está pasando entre nosotros no es solo sexo, y nada de lo que digas me convencerá de otra cosa. Te importo aunque no quieras admitirlo.

–También me importa tu perro. Pero eso no significa que quiera casarme con él.

–¿Quién ha hablado de matrimonio? Estoy hablando de sentimientos, de amor.

Sentía cómo le corría el sudor por la frente. Tenía que poner fin a la conversación. ¿Cómo había dejado que las cosas llegaran a ese punto? Se enorgullecía de visualizar los problemas antes de que surgieran y atajarlos, pero a juzgar por aquella noche, necesitaba un curso de reciclaje.

–Esto no es amor –afirmó golpeando con el puño la barandilla para enfatizar cada palabra–. Así que quítate esa idea de la cabeza de una vez por todas. No estás enamorada de mí y estoy completamente seguro de que yo no estoy enamorado de ti.

–Gritándome no vas a cambiar nada –protestó.

Alzó las manos hacia el cielo. Hubiera preferido no ser cruel, pero no le dejó elección.

–Entonces quizá esto lo haga. Vístete y ven conmigo, Jane. Quiero que conozcas a alguien.

Fue la noche más larga de su vida. La más larga y la más dolorosa. Aplastada por la humillación, se acurrucó en el balancín del porche con la cara pegada a las rodillas deseando poder llorar. Pero la tristeza alojada en su interior era demasiado profunda para un alivio tan fácil. Deseó poder olvidar. Pero los recuerdos eran demasiado recientes.

Con los ojos ardiendo, miró hacia el mar oscuro, pero lo que vio fue una reconstrucción de la escena que había tenido lugar en la casa de Liam.

—Esta es Brianna —había dicho—. Se ha quedado conmigo un par de días.

Muda por la impresión, se había quedado mirando a la mujer recostada en el sofá que llevaba una camiseta de Liam y poco más. Tenía un aire de seguridad en sí misma y era elegante, alta y con curvas, con unos pechos perfectamente esculpidos, que hacían parecer los suyos como ciruelas pasas. Con el pelo de color oro y unos ojos de largas pestañas que la observaban como si no fuera más que una mosca en la pared.

—¿Jane? —repitió—. ¡Qué curioso! Siempre asocié ese nombre con los libros que leen los niños en la guardería. Ya sabes: *Mira cómo corre Jane.*

En ese momento, correr era lo que había querido hacer, pero no le daría a ninguno de los dos la satisfacción de echarla tan fácilmente. Con el orgullo en pedazos, pero intentando ocultarlo lo mejor posible, dejó de observar la mirada fría y divertida de Brianna para observar el rostro impasible de Liam.

—Hay otra Jane, la de Tarzán. Intento parecerme más a ella, aunque he descubierto que intentar domesticar a un mono es una pérdida de tiempo.

Él se sonrojó.

—Brianna se marcha por la mañana —informó—. Y yo me voy con ella.

—¿Te vas con ella? —preguntó antes de que pudiera controlarse.

—Eso es.

Con una sonrisa tan brillante como el sol de mediodía e igualmente dolorosa de soportar, Brianna bajó las piernas del sofá y se dirigió hacia Liam con languidez.

—Volamos por la mañana —aseguró rodeando su cuello con un brazo y pestañeando hacia él—. Si el tiempo lo permite, claro.

—¿Cómo vais a volar? —preguntó estremeciéndose por el sonido de su propia voz.

Liam la había usado y abusado de ella. Durante todo el tiempo que había estado escondida enfrentándose a sus verdaderos sentimientos, él había estado con esa mujer.

–Del mismo modo en que llegué. En un hidroavión. Te ofrecería llevarte de vuelta a la civilización, pero solo hay sitio para dos –afirmó lanzándole una radiante sonrisa a Liam–. Solo hay sitio para mí y para un pasajero. Lo siento.

Así que tenía licencia de piloto, además de una belleza sofisticada. Reconociendo su derrota, Jane se encogió de hombros y se giró para marcharse.

–Qué tengáis un buen vuelo.

Ya estaba cruzando el porche cuando él abrió la puerta y fue tras ella.

–¡Jane, espera un minuto!

–¿Para qué? ¿Para que puedas humillarme un poco más? Habría pensado que hasta tú estarías satisfecho de lo que has conseguido.

–No es lo que parece entre Brianna y yo.

Ella soltó una carcajada, un sonido hueco terrible que parecía salir de un moribundo.

–Creo que los dos habéis dejado claro lo que hay entre vosotros. Si sientes la necesidad de dar explicaciones, te sugiero que vuelvas con ella e intentes justificar por qué la has dejado esperando mientras casi me haces el amor.

–Nunca he hecho el amor con Brianna.

–Claro que no. ¡Perdóname! Tú nunca haces el amor, ¿verdad? Solo practicas el sexo. O mejor, te gusta fornicar con mujeres mientras no esperan que signifique algo.

Bajo la oscuridad, se sonrojó y hundió la cara en las rodillas al recordar su última frase. Había recurrido a la vulgaridad y había manchado una de las experiencias más bonitas de su vida, solo por la satisfacción de dejarlo sin palabras.

Entonces acudieron las lágrimas, amargas y calientes. ¿Por qué no lo había escuchado cuando le había dicho que no era un hombre para ella? Era un salvaje, cruel e insensible.

E irresistible. La curva de su boca cuando sonreía, la tormenta de sus ojos cuando se enfadaba, el retumbar de su risa contenida contra su pecho, ¿a qué mujer no la seducirían?

—Pero él significa mucho más que eso para mí —sollozó hacia las estrellas—. Me hizo sentir como una mujer otra vez.

Unos brazos fuertes que la abrazaban, una fuerza impulsiva y masculina que la poseía, una semilla caliente y vital que la llenaba con la creencia de que la vida podía volver a empezar. Esos habían sido sus regalos y también el haber conocido la profunda alegría de poseerlos.

Pero después se los había llevado y la había dejado deslizándose por la rampa resbaladiza de la desesperación, rumiando una soledad mucho peor que la que había conocido cuando murió Derek, porque entonces el dolor y el arrepentimiento habían sido mutuos. En ese momento, la pérdida era solo de ella. Liam iba a seguir adelante sin ella, porque lo había elegido. ¿Qué mujer con sentido común amaría a un hombre así?

Él llegó justo cuando el amanecer había iluminado el cielo con una luz difusa amarillo limón. Amarga y fresca.

—¿Qué haces aquí fuera? —preguntó sentándose a su lado en el balancín—. Creía que aún estabas durmiendo.

—No. No estaba cansada.

—Has estado llorando.

¿Qué esperaba? ¿Que hubiera pasado la noche dibujando comics y riéndose de su poca cabeza? La había destrozado. Había pisoteado su corazón sin que se le moviera un pelo al hacerlo.

—Sí —contestó—. No por lo que crees, sino porque he protagonizado un espectáculo indigno.

—No te culpes, Janie. Intentamos algo que nunca tuvo la posibilidad de funcionar. No tenía que ser, ya está.

Ella se aventuró a mirarlo, su espalda masculina curvándose hacia delante, sus manos juntas sobre el regazo, el contorno orgulloso de su perfil iluminado por la luz de la mañana, y pensó que nunca había conocido un dolor tan grande como el que la atravesaba en aquel momento.

—¿Entonces por qué estás aquí?

Sacó un papel doblado de su bolsillo.

—Me puedes localizar en cualquiera de estos teléfonos. Quiero que me hagas saber si estás embarazada. Prométeme que lo harás, Jane.

—Quédatelos —replicó apartando la cara—. No los necesitaré. Tuve el periodo anoche —aseguró. Aun así él no hizo ademán de marcharse. Incapaz de soportar estar tan cerca de él sin tocarlo, se levantó del balancín y caminó hacia la barandilla—. ¿No me has oído? —gritó —. Ya no estás en apuros, Liam. Puedes irte volando al amanecer con la engreída de tu novia sin mirar atrás. ¿No es eso lo que quieres?

—Estoy empezando a pensar que ya no sé lo que quiero —confesó en voz baja—. Supongo que lo único que sé es lo que no puedo tener, y no puedo tenerte, Jane. Mereces algo mejor.

—¡No malgastes saliva! —replicó sin preocuparse de que viera que le caían lágrimas por el rostro, ni de que su último recuerdo de ella fuera una imagen penosa—. Estoy harta de me repitan siempre la misma canción, sobre todo cuando no es más que una mala excusa para no comprometerse. Te gusta ser un tipo duro que tira las muletas y aguanta el dolor a cualquier precio. ¿Por qué no tienes el mismo valor para enfrentarte a la verdad ahora? Tu poca disposición para comprometerte conmigo no tiene nada que ver con no ser lo bastante bueno para mí sino con tu monumental egoísmo. Ni tú te crees el sermón que estás echando. Tienes demasiado ego para semejante humildad.

—Janie —la llamó yendo hacia ella—. Si fuera tan simple...

La noche anterior, apenas una hora antes, habría dado cualquier cosa por correr a sus brazos. Pero de repente, la idea de que la tocara la hizo apartarlo con tanta fuerza, que él apenas pudo mantener el equilibrio.

—Lo único simple aquí eres tú, si crees que me puedes ablandar con amabilidad esta mañana, después de todo lo que hiciste anoche. Quiero que salgas de mi propiedad y de mi vida, Liam McGuire. Ahora que sabes que no estoy embarazada, estoy segura de que querrás complacerme en ambas cosas.

No esperó a escuchar su respuesta. No salió de la cabaña hasta que vio a través de la ventana del salón que el hidroavión despegaba.

Dos días más tarde, Don Eagle llegó para recogerla y llevarla al continente. No miró hacia atrás mientras el barco se dirigía hacia el sur a Lund. No quería ver nunca más Bell Island o la ensenada donde Liam la había encontrado la noche en que fue a nadar, o la lancha en la que habían hecho el amor.

El tiempo veraniego duró mucho aquel año, hasta bien entrado octubre, con días de cielos azules y noches claras con la promesa de un invierno que aún no estaba preparado para llegar. Pero no todo se posponía. Justo después de Acción de Gracias, cuando la mentira que le había contado a Liam aún no se había convertido en verdad, Jane fue al médico para que confirmara lo que ya sabía desde hacía más de un mes.

–No hay duda –afirmó reapareciendo minutos después de que le hubiera dado el test de embarazo–. Vas a tener un bebé, a primeros de mayo si tus datos son correctos, lo que significa que estás en el segundo trimestre. ¿Por qué has tardado tanto en venir a verme?

Sam Burguess la conocía demasiado bien para fingir, la había visto pasar por muchas crisis con Derek.

–Por rechazo.

–¿No quieres este bebé?

–Quiero...

Liam.

De repente, cerró los ojos ante el dolor de anhelar lo que nunca se había ido. Hacía casi tres meses y el dolor de echarlo de menos no disminuía. Mientras viviera lo seguiría amando.

–¿Un aborto?

–¡No! –exclamó abriendo los ojos de susto para encontrarse con la mirada preocupada de Sam–. Eso nunca se me ha pasado por la cabeza.

–Pero no tienes esposo, ¿verdad?

–No. No tengo esposo, ni lo tendré. Tendré este bebé yo sola.

–¿Sabe el padre que estás embarazada?

–No. Y no quiero que se entere nunca.

–Te estás enfrentando a una enorme tarea, Jane. Y después de lo que has pasado los últimos años, ¿estás preparada para el reto de ser madre soltera?

–Amar a un niño, preocuparme por alguien más me da un objetivo en la vida. No veo a este bebé como una carga, Sam.

–Aunque, según has admitido, te habías negado a admitir que estabas embarazada hasta hoy. ¿Estás segura de que estás preparada para la tarea a largo plazo a la que te enfrentas? Porque si no estás segura, hay otras opciones además del aborto. Hay una lista de espera muy larga de parejas deseando adoptar un bebé.

—Nunca podría hacer algo así —aseguró.

—Piénsalo bien antes de descartar esa idea completamente. No es una decisión que se deba tomar con prisa, y estoy seguro de que, hagas lo que hagas, pondrás los intereses del niño por encima de todo lo demás.

Aunque no lo dijo claramente, la opinión de Sam estaba clara. Si realmente se preocupaba por su hijo, se aseguraría de que creciera con dos padres y un hogar estable, en lugar de dejarlo a merced de una madre que suspiraba por un hombre al que no podía tener.

El tema la atormentó al salir a la abarrotada calle principal. Eran poco más de las doce y las aceras estaban repletas de multitud de personas aprovechando el buen tiempo durante la hora de la comida. No era de extrañar que no viera a Liam y que hubiera pasado de largo si no le hubiera cortado el paso.

—Hola —saludó casi tan desconcertado como ella—. Creí que trabajabas en las afueras.

—Y trabajo allí —respondió intentando encontrar algo impersonal que decir, algo que borrara sus últimas desafortunadas impresiones sobre ella, además de no revelar su secreto—. Tenía una cita en la ciudad hoy.

«¡Tonta! ¡Y si te pregunta qué clase de cita!».

No lo hizo.

—Te has cortado el pelo —comentó tras observarla.

—Sí.

—Está corto.

—Sí —respondió consciente de que sus respuestas eran breves. Intentó sonreír, pero fue desastroso porque le temblaron los labios.

—Siempre te imagino con el pelo largo.

«¿Piensas en mí? ¿Mucho?».

—Me apetecía cambiar.

—Los cambios son buenos —dijo. Se balanceó y levantó las cejas—. ¿Qué tal estás?

—Bien —contestó poniéndose el bolso delante aunque su chaqueta holgada camuflaba cualquier indicio de su embarazo.

—¿Y el perro?

—También está bien. ¿Y tú?

—Bien —respondió mirándola desde los pechos, hasta las piernas pasando por la cintura—. Tienes buen aspecto.

Él tenía un aspecto fantástico. Bronceado, delgado y musculoso.

—Gracias.

Sonrió y ella pensó que se le partía el alma de deseo.

—Has ganado un poco de peso desde la última vez que te vi.

Cierto. A pesar de que las náuseas la atacaban de vez en cuando, el embarazo le sentaba bien. Estaba resplandeciente y no era el primero que lo notaba.

—Sí. Últimamente me siento mucho mejor.

Se subió la manga de la cazadora y miró la hora.

—¿Tienes prisa por ir a algún sitio?

Si tuviera un poco de sentido común, habría argumentado otra cita y habría desaparecido de su vista a toda velocidad, pero el juicio nunca había sido su punto fuerte en lo referente a Liam. Era arrastrada por él tan inevitablemente como la marea se rendía al influjo de la luna y del sol.

—No especialmente.

—Bien, tengo una hora y media antes de ir al aeropuerto. ¿Te gustaría comer conmigo?

—¿Te vas de la ciudad?

¿Qué importaba? Como si vivía en China.

—Sí. Vuelvo a trabajar. Ya no llevo bastón, ¿ves? Podría bailar un chachachá si quisiera, sin problemas.

–Debes de estar muy contento.

–Con algunas cosas –respondió con ambigüedad, apartándose para dejar pasar a un grupo de personas. Después, se acercó otra vez y la agarró del brazo–. Este no es el mejor lugar para mantener una conversación. Permíteme que te invite a una hamburguesa o algo mientras tengo tiempo.

«¡Declina la invitación! Cuanto más estés en su compañía, más oportunidades tendrás de decir o hacer algo que despierte sus sospechas. ¿Qué pasa si tienes que vomitar? ¿Y si nota que la falda te queda tan estrecha que no se cierra la cremallera?».

Al notar que dudaba, tomó la decisión por ella y la condujo hacia la puerta giratoria de un hotel cercano al centro médico.

–Vamos, Janie. El que hayas ganado algo de peso no significa que no puedas comer nada.

Pero en lugar de dejarla pasar, se introdujo en la misma parte de la puerta que ella, y por unos escasos segundos, estuvieron solos en su pequeño mundo de cristal.

Pudo sentir el calor de su cuerpo, detectar el aroma de su loción para el afeitado, algo que nunca había usado en la isla. Su aliento le movía el cabello de la nuca, erizándole el vello. Si pudiera detener el tiempo, si se rompiera el mecanismo de la puerta y quedaran atrapados allí durante horas, si pudiera tenerlo una sola noche y conociera otra vez el éxtasis por el que merecía la pena vivir, si ese fuera el precio que tuviera que pagar...

Pero mientras su mente funcionaba al cien por cien, su cuerpo no se quedaba atrás y se inclinó hacia él como una flor desesperada por sentir el calor del sol. Tuvo que hacer un esfuerzo para no aferrarse a sus rodillas y suplicarle que no la abandonara otra vez. «La noche después de que hiciéramos el amor, dijiste que, si estuviera embarazada, todo cambiaría. Pues lo estoy, Liam. Vamos a tener un bebé».

Chantaje. La sola idea resultaba sucia y desagradable.

—Te llevaría al piso de arriba, al restaurante, pero tomo el avión a las dos, así que me temo que tendremos que ir a la cafetería —informó.

—Está bien. No tengo mucho apetito.

Tendría suerte si podía tragar un solo bocado, tenía el estómago revuelto.

Encontró un reservado al fondo del salón y esperó hasta que llevaron los sándwiches que habían pedido para hablar.

–Dijiste que últimamente te sientes mejor. ¿Quieres decir que has estado enferma?

–No –contestó deprisa y con nerviosismo.

Él se dio cuenta.

–¿Es que... has conocido a alguien?

Ella se miró los dedos entrelazados en su regazo, porque no podía soportar su mirada inocente. ¿Cómo podía preguntar eso, cuando le había abierto el corazón la última noche en Bell Island? ¿La creía tan frívola como para cambiar sus sentimientos en unas semanas? ¿O estaba esperando aliviar su conciencia por haberle presentado a Brianna de aquel modo?

–¿Jane?

–Sí –respondió lanzándole una mirada desafiante–. He encontrado a alguien.

–¿Es algo serio?

–Muy serio.

Fue a probar otro bocado de su sándwich, pero cambió de opinión.

–A esto le falta algo. O es que no tengo tanta hambre como creía.

–El mío está delicioso –aseguró ella.

–Ese hombre al que has conocido... ¿Vas a casarte con él?

–Digamos que es una relación estable.

–¡Bien! En ese caso, enhorabuena. Me alegra que te hayan ido tan bien las cosas.

—¿Y tú, Liam? —preguntó—. ¿Sigue siendo Brianna parte de tu vida?

—No mucho.

—¿Quieres decir que solo es una de tantas?

—Si estás hablando de conocidas, sí. Si me estás preguntando si tenemos una relación significativa, la respuesta es no. Nunca la tuvimos y nunca la tendremos. Para empezar, no tengo tiempo, y aunque lo tuviera, no es mi tipo. Pero hablando del tiempo... —dijo mirándose el reloj y pidiendo la cuenta—. Mi vuelo está lleno. Debería correr si no quiero encontrarme con que le han cedido mi asiento a otra persona.

Él se levantó y ella habría hecho lo mismo si hubiera confiado en la capacidad de sus piernas para sostenerla. Pero la tensión de mantener las apariencias se había cobrado su precio. Estaba temblando de la cabeza a los pies y tenía tantas ganas de vomitar, que no estaba segura de llegar al lavabo antes de hacerlo.

Tras un velo de tristeza, observó cómo pagaba la cuenta. Después, regresó junto a ella y por una vez pareció que le faltaban las palabras. Empezó a decir algo muchas veces y luego cambió de opinión.

Al final, le dio un beso en la mejilla.

—Adiós Jane, y buena suerte.

No lo había visto partir la última vez y no quería verlo en ese momento. Y aunque quisiera, no habría sido capaz de verlo. Estaba cegada por las lágrimas.

Capítulo 10

En otros tiempos, habría pensado en tomarse un par de semanas libres en el Caribe venezolano como gratificación. Se la merecía por todas las veces que había estado trabajando en una plataforma del mar del Norte en medio de un temporal de invierno. Pero esa vez, ni siquiera el encanto de Venezuela habría sido suficiente para devolverle el antiguo entusiasmo. Demasiado a menudo, sus pensamientos lo llevaban al hogar y lo dejaban desconcertado. La palabra «hogar» nunca había significado mucho para él hasta hacía poco.

El trabajo en Sudamérica había sido pan comido. Ningún fallo estructural grave del que preocuparse, nada de buceo en profundidad, solo una inspección desde un vehículo de control remoto y una montaña de informes y dibujos para enseñar en las reuniones. Desde el punto de vista profesional, había ganado muchos puntos y desterró cualquier duda de que estuviera acabado como resultado de aquel accidente en Oriente Medio.

Sin embargo, para él la emoción había desaparecido. Por primera vez en su vida, había tomado su vuelo de vuelta a Canadá sintiéndose insatisfecho. Dentro de cincuenta años, cuando estuviera criando malvas o preparando su noventa cumpleaños, ¿a quién le importaría que una vez hubiera estado en la vanguardia del diseño de plataformas petrolíferas submarinas? ¿Qué clase de legado era ese, si no quedaba nadie que a él le importara que se sintiera orgulloso de sus logros?

Lo que le llevó a la raíz del problema: Jane. Demasiado a menudo, cuando debería haber estado concentrado en otras cosas, ella se había introducido en sus pensamientos, y aunque lo intentaba, no había conseguido expulsarla de ellos.

De nada valía recordar que estaba haciendo exactamente lo que le había dicho: seguir adelante con su vida. De nada valía enumerar las razones por las que ella estaba mejor sin él. Lo mirara por donde lo mirara, siempre llegaba a la misma conclusión. Lo había estropeado todo.

La pregunta que lo acosaba todo el tiempo que estuvo fuera era si sería demasiado tarde para rectificar.

Cuando empezaba a divisar Stanley Park

mientras el avión estaba a punto de aterrizar en el Vancouver International, supo que no tendría descanso hasta que lo averiguara.

No aparecía en la guía de teléfonos, pero fue fácil localizarla. Empezó a llamar a los bancos en cuanto abrieron al día siguiente de llegar, dio en el blanco a la tercera llamada y arregló una cita con su ayudante esa misma tarde a las cuatro.

–Smith –contestó cuando le preguntó su nombre y el asunto a tratar–. John Smith. Quiero hablar sobre un préstamo a corto plazo para una propiedad que estoy pensando en comprar.

Encontró la sucursal con facilidad, entre una floristería y una tienda de delicatessen, en un centro comercial agradable rodeado de cerezos sin hojas debido al viento del otoño. La pared de su despacho era de cristal, así que, aunque la puerta estaba cerrada, la vio enseguida.

Escondido bajo el periódico que había comprado, la observó. Estaba sentada detrás de la mesa hablando por teléfono. Deseó haber tenido otra explicación para el alivio que sintió al ver que no llevaba alianza, pero lo cierto era que su mayor temor había sido que estuviera comprometida o, peor, casada con el competidor sin rostro que había mencionado durante la comida hacía tres semanas.

Si fuera su prometida, le regalaría un anillo de compromiso para alejar a otros hombres, porque seguramente habría cientos llamando a su puerta. Al contrario que la mujer satisfecha con los placeres simples que había conocido en Bell Island, en la ciudad parecía fría, segura, profesional y elegante, acorde con la comunidad de clase alta en la que trabajaba.

Era fácil imaginarla escogiendo un vino en la licorería especializada junto a la joyería, o entrando en la carnicería francesa del otro lado de la calle para comprar algún artículo con el que preparar la cena para su nuevo novio.

Pondría velas en la mesa y flores que habría comprado en la floristería. Encendería la chimenea del salón, con el perro tendido sobre la alfombra roncando como una locomotora.

Se cambiaría el traje color fresa que llevaba por algo largo y ajustado. Y él, don perfecto fuera quien fuera, levantaría la copa para brindar, y después de la cena, la llevaría al dormitorio y...

Cerrando el periódico de golpe, Liam se acercó a la recepción, donde un cartel identificaba al jovencito imberbe que la atendía.

—Tengo una cita a las cuatro con la señora Ogilvie.

—¿Señor Smith? Por favor, tome asiento mientras la aviso de que está aquí.

Unos minutos más tarde, regresó donde estaba Liam escondido detrás del periódico.

—La señora Ogilvie lo atenderá ahora, señor Smith.

Sin estar seguro de por qué había ido allí, Liam se levantó y se acercó a la puerta. Ella miró hacia arriba con una sonrisa agradable. Estaba casi de pie cuando se dio cuenta de que el hombre que tenía delante tenía tanto de John Smith como ella de Pocahontas.

Al reconocerlo, se quedó tan pálida, que pensó que se iba a desmayar y se dejó caer sobre la silla, con la mano que había extendido para saludarlo sobre el pecho.

—¿John Smith? —preguntó mareada—. ¿John Smith?

Liam se encogió de hombros y le dirigió una sonrisa de victoria.

—Fue lo único que se me ocurrió.

—¿Por qué te tenías que inventar algo? ¿Por qué no dijiste tu nombre?

—No estaba seguro de que quisieras verme, y por el modo en que estás reaccionando, creo que tenía razón.

Ella parecía confundida.

—¿Para qué has venido? —preguntó con la mano aún sobre el corazón.

Se sentó en una silla frente a ella y puso los codos sobre la mesa.

—Porque no podía seguir lejos de ti.

—¿Por qué?

La pregunta tenía tal tono de desesperación, que si no supiera que no había un motivo, habría creído que tenía miedo de él.

—Porque he estado pensando mucho en ti —respondió.

—¿Porque nos encontramos el otro día, quieres decir?

—Desde antes de eso —respondió tamborileando los dedos sobre la mesa para enfrentarse a lo que se había estado negando los últimos tres meses—. Tú siempre has sido sincera conmigo, Jane. Es una de las cosas que más admiro de ti. No creo que pudieras mentirme aunque tu vida dependiera de ello, y creo que ha llegado el momento de que tenga el valor de decirte la verdad. Así que no, no ha sido porque me encontré contigo. Has estado en mi cabeza desde que dejé Bell Island.

—¡Esto no es necesario! —protestó débilmente–. Estoy bien, de verdad. No tienes por qué sentirte culpable.

–No lo hago por necesidad ni por culpabilidad, Janie. Es porque me he dado cuenta de que fui un idiota por salir de tu vida del modo en que lo hice, y porque quiero rectificar –explicó respirando profundamente. Se concentró en el reflejo de los dos sobre la superficie brillante de la mesa–. Y porque quiero preguntar qué papel juega ese nuevo hombre en tu vida.

–¿Qué nuevo hombre?

–El que mencionaste cuando comimos juntos.

–¡Ah, él...!

El tono ligeramente histérico de su voz le avisó de que algo no estaba funcionando como debía.

–Sí, él –repitió arrugando los ojos–. ¿Es que lo has olvidado? Dijiste que iba a en serio. Creo que usaste la palabra «relación estable».

–Lo era... lo es.

¡Estaba mintiendo! Si sus mejillas sonrojadas no fueran una señal fiable, su mirada la delataba. Y como era tan poco habitual en ella, la pregunta que había que responder era por qué.

–¿Dónde lo conociste? –preguntó fingiendo curiosidad.

–Aquí –respondió rápidamente.

–¿En el banco?

–Sí. En el banco.

–Me gustaría conocerlo. Preséntanos. Al fin y al cabo, Janie, tus amigos son mis amigos.

–Hoy no está aquí.

–¿Por qué?

–Está de vacaciones esta semana.

–Qué mala suerte –dijo. La sometió a otro escrutinio. Ella se cerró la chaqueta sobre los pechos, más voluminosos que la noche que se los había ofrecido con tanta inocencia–. Pero al menos eres libre para cenar conmigo.

–¡No puedo! –exclamó.

–¿Por qué no? Comiste conmigo hace unas semanas sin que te pasara nada. ¿Por qué no cenar hoy?

–Bounder –respondió–. No puedo dejar a Bounder. Ladra cuando no estoy en casa y molesta a los vecinos.

–¿Así que nunca lo dejas solo?

–Nunca.

–¿Y durante el día mientras trabajas?

–Solo sucede por la noche.

No sabía qué estaba ocurriendo, pero algo era seguro, sus sospechas eran ciertas.

–Me estás esquivando, Janie –acusó inclinándose sobre la mesa mirándola fijamente.

—Sí —susurró mientras su valor se desvanecía.

—¿Por qué, cariño?

—No puedo decírtelo —contestó. Sus preciosos ojos, espejo de su alma, brillaban con lágrimas contenidas.

—Después de lo que hemos pasado juntos, puedes contarme todo. ¿Acaso no lo sabes?

—Esto no. No es el momento ni el lugar.

—Entonces vayamos a otro sitio. Te llevaré a casa.

—Tengo mi coche fuera —objetó—. Y unos asuntos que cerrar aquí.

Más decidido que nunca a llegar al fondo de lo que estuviera provocando ese extraño comportamiento, se puso en pie.

—De acuerdo. Si hoy no, ¿cuándo entonces?

—Pronto...

—Te llamaré mañana. ¿Cuál es tu número?

—No importa. Deja un mensaje aquí y te llamaré yo.

—Como quieras.

Salió de su despacho, pasó corriendo ante el guardia de seguridad y a través de la puerta principal hacia donde había dejado su coche. Lo puso en marcha y encontró aparcamiento al otro lado de la calle bajo un cedro, donde las sombras del atardecer camuflaban su Porsche negro al mismo tiempo que le ofrecían una vista del área bien iluminada detrás del centro comercial que indicaba «Aparcamiento solo autorizado para empleados».

Si había dicho la verdad, no la perdería de vista cuando se marchara. Y si creía que se había librado de él tan fácilmente, se equivocaba.

Veinte minutos más tarde, su paciencia fue recompensada. La vio claramente cuando detuvo su coche bajo una farola, después giró a la derecha hacia las casas alineadas junto al muelle.

Dándole unos metros de ventaja, salió tras ella.

Cuando llegó a casa aún estaba temblando y casi enferma del estómago por haberse embutido en un traje que le quedaba una talla más grande cuando lo compró hacía un mes. Con un suspiro de alivio, se sacó la falda y se acarició la curva del abdomen.

No podía escapar a la evidencia: tendría que usar ropa premamá en adelante. Tenía un par de vestidos en el armario y, si se hubiera puesto uno ese día, no se estaría preocupando de cómo le iba a dar la noticia a Liam. Se lo hubiera imaginado él solito.

¡Liam...! La sorpresa de verlo la invadió de nuevo. Al entrar en la oficina, lo primero que pensó había sido que estaba sufriendo alucinaciones, resultado de demasiadas horas infructuosas pensando en él. O quizá fuera otro hombre que se parecía a él.

Había caído en el mismo error cientos de veces desde que abandonó Bell Island. Una espalda ancha, el movimiento de una cabeza de cabello oscuro, incluso la leve cojera de un extraño habían sido suficiente para que se le acelerara el pulso antes de que se percatara de su error.

Solo había un hombre con aquellos cándidos ojos azules verdosos y aquella sonrisa irresistible. Solo uno que podía conmoverla tan profundamente con palabras que nunca había creído que él pudiera pronunciar.

«No podía seguir lejos de ti... He estado pensando en ti...».

Reprimiendo las lágrimas, dejó salir a Bounder al jardín trasero a través de la puerta de su dormitorio, después se puso una bata y unas zapatillas.

«Tú siempre has sido sincera conmigo. No creo que pudieras mentirme aunque tu vida dependiera de ello...».

¡Si él supiera! No había hecho más que mentirle desde el último día que habían estado juntos en la isla. Y aún peor, había continuado perpetrando la peor mentira de todas, a pesar de que él le había dado la oportunidad de rectificar.

¡Nunca más! Tendría que ser sincera, no porque él hubiera dicho que había estado pensando en ella, eso no era una declaración de amor incondicional sobre todo por parte de un hombre como Liam con su aversión al compromiso, sino porque no tenía derecho a ocultarle la verdad. ¿Por qué había creído que sí? El bebé que pataleaba en su interior también llevaba sus genes.

Pero no había podido decírselo aquella tarde, con la mitad de las personas del banco observando al atractivo visitante que estaba sentado a su mesa. No podía decirle al hombre que amaba simplemente «Voy a tener un bebé», sobre todo cuando él no estaba enamorado de ella.

Fuera, caía la noche, trayendo la lluvia consigo. Cuando iba a dejar salir a Bounder se detuvo en la cocina y metió una lasaña congelada en el horno. Estaba comiendo por dos, aunque no tuviera apetito. Tenía que pensar en la salud del bebé, lo que le recordaba el problema que había estado evitando desde que Liam se había presentado en su oficina aquella tarde.

Tarde o temprano iba a tener que decidir cómo comunicarle que no había sido sincera con él. Pero las tensiones del día se habían cobrado su precio. Hipnotizada por el fuego de la chimenea y los cojines mullidos del sofá del salón, apartó los problemas para cumplir con las órdenes del médico y puso los pies en alto. Al fin y al cabo, había esperado mucho para confesarle la verdad. ¿Qué importancia tenía si esperaba otra hora?

Debía de haber estado más cansada de lo que creía porque hasta que el persistente sonido del timbre no penetró en sus sueños no se dio cuenta de que se había quedado dormida. Desorientada, se puso en pie. «El horno», pensó mareada, y estaba a medio camino de la cocina cuando advirtió que el sonido venía de la puerta.

Aunque no esperaba a nadie, Bounder estaba agitando la cola, una señal clara de que quien estaba tras la puerta era alguien conocido. Probablemente su vecina, Iva Chapman, una viuda de setenta años, que la había amparado desde la muerte de Derek. También era la única persona a la que había confiado el secreto de su embarazo, así que se pasaba cada pocos días para comprobar que estaba bien.

Pero la persona que estaba en la entrada con un ramo de flores rosas y una botella de vino era demasiado alta, ancha y masculina para pasar por una ancianita desvalida preocupada por su vecina. Liam McGuire no parecía dispuesto a marcharse hasta no obtener las respuestas que estaba buscando.

—Sé que no me esperabas, pero no podía esperar —anunció. Y entró en la casa pasando por delante de Bounder y llenando el pequeño recibidor con su presencia imponente.

—¿Cómo has averiguado dónde vivo? —consiguió decir sorprendida por su repentina aparición por segunda vez en el día.

—Te seguí. Eres un objetivo fácil, Janie. No miraste ni una sola vez por el retrovisor, de no ser así me habrías visto siguiéndote.

—¿Por qué? Dijimos que me llamarías al trabajo y...

—Eso lo decidiste tú, cielo, no yo —replicó ofreciéndole las flores. Agarró a Bounder con una mano manteniendo la botella fuera de peligro con la otra—. Al menos no vengo con las manos vacías. Métalas en agua mientras abro el vino que compré en el centro comercial donde trabajas, y después hablaremos.

—¿Hablar? —repitió caminando por el pasillo hacia la cocina.

—Eso es —dijo colocando su chaqueta en el respaldo de una silla mientras pasaba por el salón y aflojándose el nudo de la corbata—. Ha llegado la hora del espectáculo, Janie —añadió dejando claro que no iba a soportar más retrasos—. Al principio estaba dispuesto a complacerte y dejarlo para mañana, pero nunca he tenido mucha paciencia, como sabes muy bien, y me temo que esto no puede esperar.

—¿Qué es lo que no puede esperar? —preguntó con nerviosismo mientras buscaba un jarrón y cortaba los tallos de las rosas antes de meterlas en agua. ¿Había adivinado que estaba embarazada? ¿Iba a emprenderla con ella por engañarle y privarlo de su derecho a saber la verdad?

—Nosotros. Tú y yo.

—¿Tú y yo?

—Deja de repetir todo lo que digo y enséñame dónde guardas el sacacorchos. Necesito una bebida.

—En el cajón, encima del armario de los vinos. Gracias por las flores, por cierto. Son preciosas —comentó.

—Puede que me haya costado un poco averiguar qué quiero —dijo Liam, abriendo la botella y tomando dos copas—. Pero ahora que lo sé, dímelo claramente. ¿Qué tengo que hacer para librarme de la competencia?

—¿Qué competencia?

—Ese otro tipo. Y no te molestes en decirme que estás enamorada de él porque, como bien me dijiste no hace ni tres meses, no cambias de opinión tan rápidamente.

Se quedó muda mirando la rosa que tenía en la mano. ¿Había oído bien? ¿Estaba diciendo que le importaba? ¿Del mismo modo que a ella le importaba él?

—No me dejes en ascuas, Janie. ¿Voy a tener que retarle a un duelo al amanecer o qué?

Lentamente, se volvió para mirarlo a los ojos.

—No hay otro hombre, Liam. Nunca lo ha habido. Tú has sido el único.

Se quedó con la boca abierta. Dejó el vino tan bruscamente, que se salió y resbaló por el cuello de la botella.

—Nunca he pretendido comprender cómo funciona el cerebro de las mujeres, pero esto es inaudito. Siempre has sido sincera conmigo, Janie. ¿Por qué ahora...?

—Cuando me encontré contigo aquel día en la ciudad, parecías estar tan bien... Estabas deseando tomar ese avión, volver a la vida y al trabajo que tanto te gustaban, mientras que yo... yo apenas sobrevivía cada día, te echaba tanto de menos... Pero cuando me preguntaste si había conocido a alguien, mentí antes que admitir que mi vida nunca había estado tan vacía. Y continué con la mentira cuando te presentaste en el banco esta tarde.

–¿Por qué?

–Porque no quería darte lástima.

–¿Lástima? –preguntó dando tres zancadas para abrazarla–. Demonios, Janie, estoy intentando decirte que estoy enamorado de ti –confesó a punto de derretirla con su besos–. ¿Cuántas veces tengo que repetirlo para que lo entiendas? Quiero que estés en mi vida.

–Quieres aventura y emoción, Liam. Me lo has dicho cientos de veces. Y yo soy la mujer menos aventurera y emocionante que conoces.

–Y me ha costado todo este tiempo darme cuenta de que estaba equivocado. Antes de conocerte, mi vida giraba en torno a un trabajo que podía desaparecer en un abrir y cerrar de ojos. ¿Y por qué? Por el placer de regresar a un apartamento vacío y con amigos que de repente no querían saber de mí cuando parecía que me iba a quedar con una sola pierna –explicó. Sonrió y le alzó la barbilla para que lo mirara–. Y después te conocí, cariño, y aun-

217

que luché contra ti, me enseñaste a enfrentarme a la verdad y a no tener miedo.

—No me hagas parecer una santa —gritó soltándose de sus brazos y dándose la vuelta—. No soy perfecta. Yo también he cometido errores.

—¿Porque mentiste al decir que habías conocido a alguien? —preguntó agarrándola por detrás y empujándola hacia él—. Janie, eres la única mujer que conozco que lo consideraría un pecado imperdonable.

«¡En cualquier momento va a sentir el embarazo! ¡No puedo permitir que lo descubra así!».

La desesperación le dio fuerzas. Soltándose otra vez, se dirigió tambaleándose al centro de la cocina lejos de su alcance.

—¡Escúchame! —lloró—. Te he dicho mentiras horribles.

—¿De qué estás hablando, Janie? ¿Qué es eso tan horrible que has hecho?

—Te he ocultado la verdad. Una verdad muy importante.

—¿Cuál?

—Que estoy... embarazada.

Si lo hubiera acuchillado, no se habría quedado más sorprendido.

—¿Estás diciendo que hay otro hombre? ¿A qué estás jugando, Janie?

—No estoy jugando —afirmó avergonzada—. Y no hay otro hombre. Estoy embarazada de ti, Liam.

—¡No lo estás! Te lo pregunté aquel último día en la isla y tú me dijiste claramente que...

—Mentí.

—¿Otra vez? ¿Y qué razón tuviste para engañarme?

—No quería que te sintieras atrapado. No quería que te quedaras a mi lado por obligación.

—¿Y no crees que soy yo quien debería tomar esa decisión?

—Sí —contestó incapaz de mirarlo a la cara—. Pero en aquel momento no estaba segura de nada. Esperaba encontrar el modo de decirte la verdad.

—¿Y cuándo pensabas decírmelo?

—No intentaste ponerte en contacto conmigo. No esperaba saber de ti ni verte otra vez. Así que decidí tener el niño yo sola.

—¿A pesar de saber cómo me sentía por haber sido abandonado por mi madre? ¿Por qué...? —preguntó dando un puñetazo en el armario.

—Te lo habría dicho en algún momento. Ahora lo sé.

—¿Cuándo? Esta tarde no, cuando te di la

oportunidad. Ni el día que te invité a comer, cuando también pudiste hacerlo. Y mañana tampoco cuando prometiste que nos encontraríamos para hablar, porque apostaría a que de nuevo solo intentabas librarte de mí. ¿Entonces cuándo, cielo? ¿Cuándo acabara en un reformatorio porque nunca había conocido a un padre que lo guiara por el camino correcto y su madre solo le había contado mentiras? ¿O pensabas dejarlo en mi puerta con una nota, cuando se convirtiera en un problema demasiado grande para ti?

–Me conoces bastante como para preguntarme eso.

–No te conozco en absoluto. Yo solo sé lo que tú me mostraste de ti, y por lo que veo solo es la punta del iceberg –dijo golpeando con furia la encimera–. Y pensar que estabas ahí dejándome hablar como un tonto. Debería haber seguido mi instinto y haberte evitado. Supe que eras un problema desde el día en que te conocí.

–Por si sirve de algo, dije la verdad cuando te conté que mis sentimientos por ti habían cambiado. Te quiero, Liam. Te he querido durante mucho tiempo –susurró.

Él permaneció de espaldas a ella en silencio. Como no tenía nada que perder, ella hizo lo único que podía convencerlo de que la perdonara. Fue a su lado y le tomó la mano para colocársela sobre su abdomen.

—Es tu hijo. ¿Sientes las pataditas? Es un ser vivo que hemos creado juntos. ¿No podemos intentar enmendar lo que se ha roto entre nosotros, por su bien?

Por un tiempo no respondió. Pero tampoco quitó la mano. Un suspiró le agitó y pareció estar manteniendo una batalla silenciosa en su interior.

Al fin, se apartó.

—No puedo responder a eso, Janie, porque estoy confuso. Tengo que irme de aquí, estar solo y solucionar unas cuantas cosas. Necesito tiempo para reorganizarme y no puedo hacerlo aquí, contigo persiguiéndome y pendiente de todo lo que digo. Estoy tan asustado, que podría decir algo de lo que me arrepentiría mañana.

—Lo entiendo —aseguró manteniendo el control—. Probablemente ninguno de los dos debería tomar una decisión esta noche.

En la puerta, se detuvo para mirarla. Durante un segundo, se le pasó por la cabeza que si ella fuera a besarlo, podría ablandarse y, si de verdad estaba enamorado de ella, su ira se desvanecería. Pero el abismo de resentimiento y desconfianza entre ellos era más ancho que el océano y demasiado profundo para que ella se atreviera a cruzarlo.

En silencio, mantuvo la puerta abierta y observó cómo se alejaba de ella. Otra vez.

Capítulo 11

Se estuvo paseando por la casa toda la noche mientras esperaba y rezaba para que volviera. Al llegar la mañana con niebla y lluvia, seguía sin saber de él y no fue a trabajar, tan cansada por la falta de sueño y tan desconsolada por cómo había complicado las cosas, que no podía enfrentarse a sus compañeros del banco.

Poco antes de las diez, sonó el timbre. Con el corazón latiendo con esperanzas renovadas, corrió al cuarto de baño a cepillarse el cabello antes de abrir la puerta. Era Iva Chapman, su vecina.

—Vi que tu coche seguía en el aparcamiento, querida —dijo—. Y sé que sueles marcharte a las nueve, así que pensé que sería mejor venir para asegurarme de que no estabas enferma.

—Estoy bien, señora Chapman —aseguró sabiendo que sus ojos rojos e hinchados contradecían sus palabras—. Solo me he tomado el día libre para recuperar el sueño acumulado.

—Te traeré una sopa. No hay nada como

mi sopa de pollo con fideos para sentirse mejor, y es importante para el bebé que mantengas el ánimo. Prueba con música clásica, querida. Tengo entendido que funciona.

Después de las once, el timbre sonó otra vez y una vez más se le aceleró el pulso.

–Correo certificado –informó el cartero–. Firme aquí, por favor.

Pero no era una carta de amor de Liam, solo su nueva visa oro. Apenas acababa de cerrar la puerta cuando sucumbió al llanto de nuevo.

A las doce, Iva reapareció.

–No me quedaré –avisó entrando en el dormitorio con una bandeja tapada–. Tómate la sopa mientras está caliente y no te preocupes por los platos. Los recogeré más tarde.

Transcurría la tarde con la lluvia golpeando contra las ventanas y el viento ululando por la chimenea.

–No va a volver –se quejó a Bounder, que aprovechó su estado para saltar a la cama con ella y ponerse cómodo.

Cuando el timbre sonó otra vez, después de las cuatro, ni siquiera se preocupó de su aspecto. ¿Qué importaba si tenía el cabello revuelto y la nariz roja como un semáforo?

–Hola –saludó Liam cuando abrió la

puerta–. No has ido hoy a la oficina. ¿Qué sucede?

Podría haberle dicho que volviera en una hora cuando estuviera presentable. Podría haberle dicho que no era asunto suyo que se hubiera tomado el día libre. Podría haberle informado de que había cambiado de opinión y que no quería saber nada de un hombre que la había hecho pasar más penalidades en un verano que su marido en diez años.

En su lugar, se aferró al marco de la puerta como si fuera un salvavidas y se echó a llorar.

–¡Vaya por Dios! –exclamó, tratando de abrir la puerta sin pillarle los dedos de los pies–. ¡Me lo temía!

–¿El qué?

–Algo ha ido mal con el embarazo y es culpa mía. Lo supe en cuanto me dijeron en el banco que no habías aparecido por allí hoy. Cariño, alguien debería darme una paliza, pero...

–El bebé está bien –sollozó.

–¿De verdad? ¿Estás segura? No estás intentando engañarme otra vez, ¿verdad? No me mentirías sobre algo tan importante.

–Claro que no.

Intentó parecer ofendida, pero lo único

que fue capaz de hacer fue hipar.

—¿Entonces por qué estás llorando?

—¿Necesitas preguntarlo?

—¿Por mí? ¿Por qué soy un zoquete con menos sensibilidad que un ladrillo?

—Todo eso y mucho más —afirmó viéndose en el espejo—. Es culpa tuya que tenga este aspecto tan horrible.

—Claro que sí —afirmó abrazándola y dándole un beso en la boca que hubiera derretido un casquete polar—. Soy un imbécil de primera y no sé que por qué te molestas siquiera en hablarme.

—Yo tampoco lo sé —aseguró, pero le rodeó el cuello con los brazos para asegurarse de que no desapareciera otra vez.

Él la llevó al sillón en brazos, la sentó en su regazo y le levantó la cara para mirarla a los ojos.

—¿Porque es un trabajo desagradable pero alguien tiene que hacerlo?

Con qué facilidad iluminaba su vida. Un roce, una mirada, su sentido del humor y la pasión que desataba en ella eran razones para amarlo.

—Quizá —respondió intentando sonreír a pesar de las lágrimas.

Puso su frente contra la de ella y sintió que un suspiro tembloroso le recorría el cuerpo.

–Cariño –dijo seriamente–. Siento haberte hecho llorar. Juro que nunca lo volveré a
hacer. Pero es que lo que siento por ti me
asusta y esa es la única excusa que puedo
darte por haberme ido corriendo anoche.
Conduje durante horas intentando huir de
mis fantasmas, pero no importaba lo rápidamente o lo lejos que fuera, no podía escapar
de lo único de lo que estoy seguro. Mi vida
no es nada sin ti.

–Pero yo no encajo en el tipo de vida que
llevas. Me lo decías todo el tiempo el pasado verano. Te gustan los retos y la aventura.

–Y obtengo ambas cosas a tu lado. Atre-
verme a reconocer que te quiero es el mayor
riesgo que jamás he corrido. Y no puedo
afrontarlo solo.

–Pero dijiste que no querías tener hijos.
Dijiste...

–Dije muchas cosas, todas menos la más
importante. Te quiero, Jane. Renuncio a perseguir el peligro por todo el mundo. Hay
muchas otras formas de ganarse la vida y no
me falta el dinero. Es lo que el dinero no
puede comprar lo que estoy buscando.
Quiero envejecer contigo. Quiero lo que
cualquier hombre sensato quiere: una mujer
como tú. No me preguntes cuándo me di

cuenta porque no puedo precisar el momento exacto. Y no me preguntes por qué luché contra ello, porque tampoco lo sé. Intenta perdonarme y ayúdame a convertirme en un hombre mejor para ti y para nuestro hijo.

—No ha sido todo culpa tuya. Si te hubiera dicho lo del bebé...

—Lo habrías hecho si hubiera aceptado mis sentimientos, en lugar de negármelos.

Después la colocó sobre los cojines como si fuera la porcelana más delicada y abrió una cajita de terciopelo verde que sacó de su bolsillo.

—Una vez me dijiste que, si alguna vez necesitaba algo de ti, solo tenía que pedirlo. Te lo estoy pidiendo ahora. ¿Quieres casarte conmigo, Janie?

Podría haber haberle pedido que esperara a pedírselo cuando se hubiera lavado la cara, perfumado un poco y vestido con algo más romántico. Podría haberle hecho sufrir al menos un poco, decirle que necesitaba tiempo para pensar antes de dar un paso tan importante.

Pero la verdad era que lo amaba tal y como era. Así que hizo lo que se le daba mejor aquellos días. Rompió a llorar.

—¿Debo entender que es un sí?

—Sí.

—¿Entonces por qué estás llorando otra vez? —preguntó perplejo.

—Porque estoy embarazada. Son las hormonas.

—¡Vaya por Dios! ¿Cómo podría animarte?

—Los hechos valen más que las palabras —respondió, empapando su camisa con lágrimas de felicidad y abrazándolo como pudo, dado que el bebé insistía en interponerse entre ellos.

—De todos modos, nunca se me ha dado muy bien hablar —aseguró, tomándole la mano izquierda y colocándole el anillo de diamantes en el dedo—. Ahí está. Ahora es oficial. ¿Quieres que haga algo más?

—Puedes besarme. Creo que es así como las parejas sellan su compromiso normalmente.

—Puedo hacer algo mejor, Janie —sugirió levantándola en brazos—. Guíame al dormitorio y te lo enseñaré.